当代寓言名家新作

Dangdai Yuyan Mingjia Xinzuo

伊索传奇

吴广孝◎著

读寓言·学知识·明事理·提素质

品读寓言故事　领悟人生哲理
经典寓言大世界　人生智慧大宝库

天津出版传媒集团
天津人民出版社

图书在版编目（CIP）数据

伊索传奇 / 吴广孝著 . -- 天津 : 天津人民出版社，
2018.9
（当代寓言名家新作）
ISBN 978-7-201-13725-4

Ⅰ.①伊… Ⅱ.①吴… Ⅲ.①寓言—作品集—中国—
当代 Ⅳ.① I277.4

中国版本图书馆 CIP 数据核字（2018）第 199574 号

伊索传奇
YISUO CHUANQI

出　　版　天津人民出版社
出 版 人　黄　沛
地　　址　天津市和平区西康路 35 号康岳大厦
邮政编码　300051
邮购电话　（022）23332469
网　　址　http://www.tjrmcbs.com
电子信箱　tjrmcbs@126.com

责任编辑　李　荣
装帧设计　映象视觉

制版印刷　永清县晔盛亚胶印有限公司
经　　销　新华书店
开　　本　640×920 毫米　1/16
印　　张　12
字　　数　200 千字
版次印次　2018 年 9 月第 1 版　2018 年 9 月第 1 次印刷
定　　价　29.80 元

总序：为有源头活水来

——《中国当代寓言名家新作》丛书总序

顾建华

中国当代寓言，正在用浓墨重彩书写着中外寓言史上令人瞩目的新篇章。

进入改革开放的新时期后，在我国文坛上，寓言空前活跃起来，涌现出数百名痴心于寓言创作的作者和难以计数的寓言佳作。

本丛书的八位作者堪称中国当代寓言名家。他们大多数是从20世纪70年代末80年代初开始写作寓言，已经有了三四十年的创作经历。有的作者虽然以前主要从事其他文体的写作，但后来专注于寓言创作的时间也有一二十年了。他们的寓言作品量多质高，一向受到读者的欢迎和好评，不少名篇被各种报刊选用，收入各种集子，有的还被选作教材广泛流传。

这些作者以往都早已有各自的多种寓言集问世，在寓言界有一定的影响。本丛书收入的作品，则是他们近年所写，首次结集。可以说是作者们用积淀了一生的智慧和才华，观察当今社会、解剖各种人生的结晶；也是作者们力求寓言创新的又一新成果，无

论在思想境界上还是艺术境界上都给人很多启迪。

这十部寓言集和我们常见的平庸的寓言作品不同，不是用些老套的看了开头就知道结尾的动物故事，演绎一些连小朋友们都已厌烦了的道德说教，或者一些肤浅的事理、教训。它们的题材非常广博，有的影射国际时事，有的讽喻世态人情，有的抨击贪官污吏，有的呼吁保护生态……很多作品笔锋犀利、情感炽烈，既有冷嘲热讽，也有热情歌颂；而思想之深邃，非历经世事者所难以达到。它们娓娓道来的或者荒诞离奇，或者滑稽可笑的故事，却是当今现实世界曲折而又真实、深刻的反映。这样的寓言作品并不是供人饭后消遣的，而是开阔人们的胸襟、心智、眼界，让人们在兴趣盎然地读了之后禁不住要掩卷深思，深思社会、深思人生。

这十部寓言集显现了作者们高超的艺术功底，在艺术表现上多有新的突破和尝试。

杨啸是我国屈指可数的享有很高声誉的寓言诗人。从他的两部新作《狐狸当首相》和《伯乐和千里马》可以看出，他的寓言诗艺术已经炉火纯青，并且还在不断求新，样式、手法多种多样。如作品中除了运用娴熟的单篇寓言诗外，还有不少系列寓言诗、微型寓言诗等等，给人以新意。他过去的很多寓言诗是写给成人的，更是写给孩子们的，特别善于用富有童趣的幽默故事、朗朗上口的动听诗韵，让读者（尤其是儿童读者）得到教益。这两部寓言诗依然既是写给孩子们的，更是写给成人的，在内容和写法上都有很多变化。

张鹤鸣、洪善新伉俪在寓言剧的创作上，在我国原本就无人可与之比肩，近几年又进一步冲破旧模式的藩篱，另辟蹊径地创造了"代言体"寓言短剧的新形式，使寓言能够更好地融入少年儿童的生活和心灵，发挥寓言的道德教育、知识教育、审美教育的作用。《燕南飞》中的一些作品已经成为初学者学写寓言剧的样板，《海神雕像》则显示了作者多方面的才能。他们原先擅长创作带有戏剧性的篇幅较长的寓言故事，现在生活节奏加快，为了满足读者需要，这次也写起了寥寥数言的微寓言，且颇有古代笔记小说的韵味，别具一格。

《蓝色马蹄莲》是作者吴广孝旅居美国时的所见所闻所思所念，散发着我国其他寓言作品中罕见的异域风情。它也不同于其他寓言作品用编织出人意料的情节来揭示作者想说明的哲理，而是像一则则旅游随笔，以优美而简约的散文笔法展示作者所经历、所体验的人、事、物，然后出其不意地迸发出作者由此而来的瑰丽奇妙的思想火花，使随笔变成了寓言。《伊索传奇》以虚构的伊索的生活为线索，在光怪陆离的时空转换中，穿插着对《伊索寓言》的全新的阐释，借题发挥，抒发的却是当代中国人的情感。

罗丹所写的《苏格拉底的传说》同样是以古希腊的智者为寓言的主角。过去也有人这样写过，但罗丹笔下的苏格拉底与他人不同，有着作者本人的印记。苏格拉底对古往今来的各色人等、鸟兽虫鱼发表的言论，都是作者数十年从生活中获得的人生感悟，是对晚辈的谆谆教诲，很值得细细体味。

《白天鹅和黑天鹅》秉承了作者林植峰自 1956 年上大学时发表寓言（距今已有一个甲子）以来，一以贯之的"颂扬真善美、鞭挞假恶丑"的宗旨。他的这部新作就像他自己所说的那样，是"文

字的漫画"，作品中用嬉笑怒骂的文字构成的各种虚幻世界，表达了作者对当前社会现实问题的严肃思考，应该引起世人的警觉。

《龙舟鼓手》，让我们看到作者凡夫严谨的写作态度以及寓言的多种多样的艺术表现手法。其中的作品都是有感而发，篇篇经过精心打磨，在写法上不拘泥于某种套路，微型小说、笑话童话、民间故事、小品杂文等都能运用自如地嫁接到寓言中来。他还特别重视把寓意水乳交融般地渗透到故事中去，他的寓言没有外加的生硬的说教，却十分耐人寻味，让读者自己从故事中去领略、生发更多的意义。

桂剑雄写的《西郭先生与狼》，无论上半部分的动物寓言还是下半部分的人物寓言，都继承和发扬了明清笑话寓言的特色，十分诙谐有趣。很多作品不是以智者为主角，而是以愚者为主角。作者夸张地描写愚者愚拙蠢笨的荒唐言行，讽刺意味浓郁，既引人发笑，更发人深思。如今，寓言中刻画成功的愚者形象并不多见，因此这些作品尤显可贵。

本丛书的作者大都年事已高，却依然充满旺盛的文学创造力，继续为寓言创新铺路开道。他们以自己的创作实践印证了习近平总书记在文艺工作座谈会上的讲话中所说的："人民是文艺创作的源头活水"，"文艺的一切创新，归根到底都直接或间接来源于人民"。

笔者和丛书作者相识、相知数十年。从交往中我深深感受到：他们心底坦荡，为人正直，急公好义，乐于助人，不畏权势，嫉恶如仇；他们一直生活在人民之中，热爱人民，心系人民，对人民的深厚感情促使他们不断地要用被称为"真理的剑""哲理的诗"

的寓言来为人民发声，表达人民的爱憎和愿望！据我所知，本丛书中的不少作品，就是直接来自于作者的亲身经历，是作者在为大众的事业、大众的利益仗义执言。作者们为寓言创新所做的努力，也都是为了使自己的作品更加得到人民的喜欢，满足人民的需要。

南宋朱熹的《观书有感》诗云："半亩方塘一鉴开，天光云影共徘徊。问渠那得清如许？为有源头活水来。"池塘之所以能够如镜子一般透彻地映照天光云影，是因为它有源头活水。当代寓言名家新作之所以能够拒绝平庸，不断创新，真实地、本质地反映现实生活，就因为作者们紧紧地依赖于汩汩涌流、取之不尽、用之不竭的源头活水——百姓生活。脱离了百姓，脱离了生活，寓言就会成为"无根的浮萍、无病的呻吟、无魂的躯壳"，失去与时俱进的活力，失去存在的价值。

作者诸兄嘱我为这套丛书说几句话，就写下了以上一些读后心得，权作序言。

2016 年元旦于金陵紫金山下柳苑宽斋

目 录

小伊索和面包篮子

据说，伊索小的时候就聪明过人。有一次，奴隶主要把他和一群奴隶带到奴隶市场卖掉。市场很远，要走几天的路程。奴隶主让奴隶们带上各种要出卖的物品和路上吃的食物。奴隶主让他们自己挑选能带的东西。奴隶们有的带上布料，有的带上农具，有的选了陶器。小伊索选了面包篮子。

奴隶主和奴隶都感到奇怪，因为，面包篮子最沉！大家都笑他太笨，是个头脑有问题的孩子。可是，一天之后，大家吃了一些面包，才发现，那篮子，一天比一天轻，最后两天面包吃光了，只有剩下一个空篮子，是最轻的。

小　狗

贵族哲学家哈桑看中了伊索的聪明，买下了他。从此，伊索成为哈桑的家奴。

一天，伊索陪同哈桑去赴宴。哈桑顺手牵羊偷拿些肉，让伊索赶紧回家，并对他说：

"把这些肉送给最优雅的！"

伊索回到家，把所有的肉都喂了小狗。

哈桑喝得酩酊大醉，摇摇晃晃回到家，没进门就大声喊："我的最优雅的，你吃到肉了吗？"

哈桑的妻子回答："伊索把所有的肉全喂狗啦！"

哈桑大怒，立刻失去醉意，问："小小的奴隶竟敢自作主张！为什么不听我的吩咐？"

"我是照您的吩咐办的，没有自作主张。"伊索说，"在这个家里，谁最优雅？是小狗呀。您瞧瞧，当您回家时，谁最先高高兴兴跑来欢迎您？是小狗！您不给它带任何东西，它生气吗？您踢它，打它骂它，甚至抛弃它，它对您记仇吗？您说，谁最优雅？我把肉给小狗，难道不是按着您的吩咐办吗？"

哈桑知道伊索有道理，又装作醉了，挥着拳头叫喊："等我睡醒了，再收拾你！"

只有一个人

哈桑想去贵族洗澡堂洗澡，他怕人多拥挤，就让伊索先去看看。

澡堂门口有一块不大不小的石头。贵族们进进出出，差不多人人都被绊一下。人们骂骂咧咧，对这块石头怒目而视，可是，没有一个人把石头搬走。伊索认真观察了好久，最后，才有一个人把石头搬到一边。

伊索回到家里对哈桑说："洗澡堂里只有一个人。"

舌 头

哈桑家里来了客人。这位哲学家要显示一下自己的富有，就给了伊索一大把钱，让他到市场去："快，把世界上最好的菜全买来！"

伊索只买回一堆舌头，让哈桑大大扫兴。哈桑问："难道说，这就是世界上最好的菜？"

伊索不紧不慢地回答："世界上最好的东西是舌头。您瞧，我们靠舌头讲话，向上帝祈祷，祈求保佑。是舌头帮助我们说出真理，唱出最美丽的歌。我们靠舌头交流思想，创造人间奇迹！请看，舌头是不是世界上最好的菜？"

哈桑知道伊索在戏弄自己，就顺水推舟，说："说得好！现在，你去买世界上坏的菜！"

伊索这次又买回舌头。

哈桑和他的朋友大吃一惊，问："这是世界上最坏的菜？"

"是的。"伊索肯定地回答："舌头最坏。它拍马奉承，散布谣言，招摇生事，诽谤好人，同时，干尽了教唆、误导、辱骂、讽刺、挖苦、诅咒的卑劣勾当。甚至，种下不和，挑拨离间，惹起事端，制造战争。请各位大人评判一下，舌头是不是最坏的东西？"

想不到的是，掌声之后，哈桑站起来说：

"我，哈桑，今天请各位来，就是让你们见识一下，我教养的家奴是多么有才华！当然，也是奉献给大家一道最美的菜！"

哲学家

哈桑请哲学家来家饮酒。

他对伊索说："你站在门外，没有请柬的，不是哲学家的，不是豁达开朗和充满智慧的便挡驾，一个也不能进来！我不喜欢凡夫俗子，我讨厌他们。"

哈桑在房间里等了整整一个下午，到了晚上，仍然不见任何一个哲学家进来，感到十分奇怪，就到门外看看。

一群面红耳赤的哲学家正围着伊索，怒气冲冲地举着请柬大喊大叫："你算个什么样的看家狗，还要核对每一个人！不让我们进去！"接着，一个个骂骂咧咧，扬长而去。

伊索说："您已经看见了，他们带着请柬，不过，轻易就发火，掉头就走，这种脾气能是豁达开朗、充满智慧的哲人吗？都是凡夫俗子，不能进去！"

在造船厂

伊索受主人之命到市集购买物品，顺路经过造船厂。工人们认识伊索，并喜欢听他的寓言故事。无论如何也请他说点儿什么，否则，就不让他走。

伊索笑笑说："宙斯大神创造世界时，大地是一片汪洋，浩浩荡荡的大海，人类是无法生存的。宙斯就命令大地喝干大海。大地喝了第一口，群山奇迹般地出现了；第二口喝下去，茫茫草原出现在面前。"

这时，伊索看看四周的工友，说："我看，不用让大地再喝第三口了吧。如果喝了，你们就无事可做啦！好啦，朋友们，再见！"

守门人

守城门的老头挂着一根铁棒子，两条眉毛拧在一起，脸上不见一点儿笑容，令人生畏。

一天，伊索路过城门，向守门人问好。老头子好像没有听见，根本不理睬。

第二天，伊索又问好。守门人瞪了一眼伊索，粗声粗气地问："你要干什么？"

伊索回答："没有什么事，只是向您问好。"

守门人鼻子里"哼"了一声，转过头去。

第三天，伊索又问好。守门人仍然是不搭理。他望着伊索的背影说："疯子！"

第四天，伊索再次问好。守门人抡起铁棒拦住伊索，大声问："你到底要做什么？是不是要求我做点儿事情？"

伊索微微一笑，说："没有什么请求。只是希望你快乐。"

"希望我快乐？"守门人愣了半天。

一晃一个月过去了，不管守门人如何态度，伊索问好依旧。渐渐地守门人的脸上露出笑容，开始回应伊索的问候。

后来，城里的人们发现，守城门的老人变成一个和善可亲的年轻人！

伊索和老鼠

在一次海战中，伊索被俘。

海盗们把他紧紧绑在桅杆上，在阳光的暴晒下，没吃没喝，还少不了一顿鞭子。

夜里，一只小老鼠跑到伊索身边，悄悄地说：

"不要怕，我是一只善良的小老鼠。我认识你，你是大名鼎鼎的寓言家。你描绘了我们小老鼠救狮子的故事，使我们很有面子。今天，我们要像救狮子那样救你！"

伊索十分感动，他说：

"谢谢你们的好意。可是，你想一想，我们在海盗船上，我被松了绑和不松绑，还不是一样！强盗看见我松了绑，我也逃不了，还得绑上，说不定，还会给我一顿皮鞭！这种救命的办法好吗？"

"那，我们怎么办？"小老鼠摸摸自己的后脑勺。

"嘿嘿，救人的办法有许多啊！如果方便，给我弄点水吧。我快渴死了。"

"哈哈，这好办！"小老鼠笑得露出大板牙。

童子尿

小老鼠答应给伊索弄点水，可是，一无茶壶，二无水碗，三无水瓶，如何弄？

老鼠立刻召开紧急大会，大家争吵了半天也没有想出一个好办法。

最后，一个调皮的小耗子站起来说："我有童子尿！我可以往他嘴里撒尿！"

这一下，好似往热油锅里泼了一瓢冷水，大家气得都要"爆炸"了，甚至，有的老鼠要揍小耗子。

这时，一个见多识广的老老鼠颤颤巍巍地站起来，理理长长的白胡须，不紧不慢地说："先不要责怪孩子。我听说，在东方古国，童子尿是偏方。俗话说，'偏方治大病'，在这个艰难时刻，也不妨用一用！"

老老鼠的话为小耗子解了围，可是，大家从感情上还是过不去，不同意。

"如果传出去，说我们老鼠往寓言家伊索的嘴里撒尿，那还了得！"

"我们的名声本来就不怎么的，这样一来，恐怕更加糟糕。"

"又给人们留下喊打的借口！"

可能是天无绝人之路。这时，传来了"隆隆"的雷声。海上下起瓢泼大雨，雨水哗啦啦浇在伊索的脸上，伊索仰起脖子喝个够。

事后，谈起童子尿的事，伊索哈哈大笑，说：

"小孩子聪明，老老鼠主持正义，令我感动。说真的，在非常时期，用非常的办法，解决非常的难题，也是一条正当的出路。……哈哈哈，我真想尝尝'童子尿'的滋味！"

上吊的水手

小老鼠每天夜里都来看望伊索，像老朋友一样聊天。尽管伊索身陷囹圄，因为有小老鼠陪伴，心里十分愉快。正在他们聊天

的时候，一个黑人水手上吊自尽了。其他人发现了，整个大船好像开了锅，一阵忙乱，水手们都为小黑人惋惜。

小老鼠问伊索："这个小黑人为什么上吊？"

伊索叹了一口气，说："他在海盗船上，没有自由，没有朋友，孤孤单单，看不见出路。他的日子并不比我们这些奴隶好。心灵孤独啊！对人类来说，可怕的不是身体的痛苦，而是心灵的孤独。如果，我没有你们的陪伴，万一想不开，我也可能上吊呀！"

没有老猫的快乐

一天夜里，小老鼠给伊索带去一片面包干。

"我们的船无法和地上的大城市比。没有豪华的宴会，没有各种美酒，没有香喷喷的奶酪，更没有可口的巧克力。这干面包，还是有的！这样的日子当然不富裕。但是，我们船上没有老猫，没有独裁者！我们可以自由聚会、唱歌、跳舞，小老鼠不分黑天白日都可以出去游玩，家长不用提心吊胆。虽然穷点儿，但是，这样自由的日子，很快乐。"

"人类也是这样。"伊索说："世界就好似我们这条船，你已经看见了，如果这艘船上没有穷凶极恶的独眼船长，没有这个独裁者，大家也会很快乐。是啊，没有独裁者的日子，才是真正快乐的日子！"

乡下老鼠还好吗？

一天夜里，小老鼠问伊索："乡下的老鼠还好吗？……我们真想找个机会，见上一面，把我们在大海上漂泊的故事讲给它。它一定会分享我们的快乐！想啊，想！"

伊索一听，心直颤抖，想不到小小的老鼠会有这种深厚的感情，非常感动。

伊索思索片刻才说："实在对不起，我过去从来没有留意这事儿。坦白地说，直到今天，我还分不清你们老鼠大家族，谁在城里，谁在农村。我真分不清。"

小老鼠点点头，说："是啊，我们对你是强求了。我们小老鼠很渺小，但是，我们真想念过去的朋友，珍视那一段友情。这个，你知道。"

伊索深受感动，心中默默地想："一只小小老鼠都能挂念朋友，珍视友情！我们人类呢？"

关于忠贞

一天夜里，伊索对小老鼠说："你们痛恨猫，正如同我们痛恨独裁者。不过，对我们人类来说，独裁者十恶不作，人们非常痛恨。可是，对猫就不一样，猫还有些用处。"

一听这话，小老鼠非常反感，立刻大叫："岂有此理！你怎么会这样说！猫这种东西，见利忘义，不懂得什么是忠诚！"

"为什么这样讲？"伊索问。

"难道你忘了！猫爱上了一位英俊少年，爱得死去活来，爱得那么真切，非要嫁给他，甚至，感动了天帝。天帝把它变成一位美女。结果如何？洞房花烛夜，我们小老鼠在她的床下经过，她立刻原形毕露，跳下床，忘了婚约，忘了海誓山盟，忘了身边最亲爱的丈夫！"

"这是传说故事呀！"伊索讲。

"哈哈，传说故事！好一个传说故事！对我们老鼠来说是可怕的事，假如我们跑得慢了一步，就没有命啦！"

恶行的比较

"我再给你讲一点儿猫的恶行。"小老鼠对伊索说:"有一天,猫的主人不在家,去赶集了。猫就利用这个机会,抓住了公鸡就要吃。"

"后来呢?"伊索问。

"你是知道的。公鸡大叫:'为什么要吃我?'猫回答:'你成天三更半夜乱叫,害得大家不能好好睡觉,我不吃你,吃谁?'公鸡说:'我叫,主人喜欢,大家要早起干活呀。'猫马上说:'你还有理了。主人赶集去了,没有给我留下早餐,我不能饿着!'说着,就把公鸡吃了。"

"这有点像寓言《狼和小羊》的味道。"伊索说。

"那可不一样!猫比狼坏!"小老鼠一口咬定。

伊索想了一下,摇着头,心里说:"没有直接利害冲突的一方,即使十分凶恶,好似也不能算敌人?这也算一种逻辑?"

变　化

一天夜里，伊索问小老鼠：

"这些年，地球上发生了巨大变化，譬如，一些猴子变成了人。为什么你们不想变一变？"

小老鼠想了想，对伊索说："你可不要生气，坦白地讲，你们没有变成人之前，在树上跳来跳去，还有同情心和人情味。可是，一旦变成人，你们就提着枪在丛林里屠杀你们过去的朋友！祸害和你们一样的生灵。"

小老鼠的回答令伊索汗毛倒竖，毛骨悚然，半天没说话。

小老鼠看看伊索，追问："难道，我讲错了吗？"

"不，没有讲错。"伊索心情沉痛地说："将来，这些猴子，他们自己也会说：一阔就变脸，有权就整人！"

梦　想

一天夜里，老鼠讲起自己的梦想。

老鼠问伊索："我的女儿到了出嫁的年龄，你帮帮忙，在世界上为它物色一位好夫君。"

伊索问："有什么具体要求？"

老鼠说："要一个强者。世界第一的人物。"

伊索想了一会儿，最后说："我看，还是找个老鼠吧。"

老鼠说："为什么？还要找一个尖嘴巴小眼睛、灰不溜秋的小老鼠？"

"可以搭个擂台。比武招亲呀！"伊索说。

"我们在这个大船上，怎么比？"老鼠说。

"我问你，世界上什么最伟大？"

"太阳。"

"它会被雨云挡上。"

"那么，就嫁给雨云？"

"雨云会被风吹走。"

"嫁给风？"

"风会被帆挡住。"

"嫁给帆？"

"帆会被水手降下来。"

"嫁给水手？"

"水手最怕谁磕他们的衣物和鞋子？"

"我们小老鼠啊！"

"哈哈，你现在看，你的美丽女儿应当嫁给谁？"

"当然嫁给小老鼠啊！哈哈，这就是我们的梦想！"

老鼠的光荣

一天，老鼠和伊索谈起光荣。

"光荣的定义，我们不会下。我们不喜欢夸夸其谈，也不喜欢钻牛角尖，更不会卖弄概念。可是，我们知道如何创造光荣。"小老鼠对伊索说。

"不是吹大牛吧？"伊索哈哈笑。

"干什么吹大牛！你知道，世界上，陆地动物中大象最大吧？可是，我们能制服大象，让它服服帖帖，还不算光荣吗？"

伊索想了一下，笑着说："那是，大象讨厌你们，烦你们，怕你们钻进它们的鼻孔里。"

"请再说一遍！"老鼠非常认真地讲。

"怕你们钻进它的鼻孔里。"伊索重复一遍。

"这可是你说的！它们怕！"小老鼠拍着自己的大腿，高兴地大叫，"怕我们钻进它们的鼻孔里！哈哈！它们怕我们！这就是我们的光荣！光荣！"

伊索想了一下，摇摇头，心里说："是啊，如今的世界上确实有些人以为，让别人烦，让别人讨厌，让别人怕就是光荣。真荒唐啊！"

猴子和海豚

海盗船上有一个十分贪玩的水手。他性格开朗，还养了一只猴子当宠物玩，供大家取乐。这猴子也聪明伶俐，经常到伊索身边玩耍。

一天，猴子问伊索："听说你是一位寓言家，很会讲故事。你能不能讲讲我们猴子的故事？"

"这很容易。只是，你不要气恼。"伊索说。

"为什么要气恼？不会的。"猴子说。

从前，也许就是现在，一只和你一样的猴子，乘船到希腊去。不幸的是，船快到海岸时，遇到风暴，船沉了，小猴子掉在水里，眼看就要淹死，这时游来一只海豚，救起了猴子。其实，海豚以为它是一名雅典人，就和它聊起有关雅典的事。猴子拍着胸脯说："我就生在那里！我的家是名门望族，全希腊第一富豪！我小时候，喜欢自己上街闲逛，每条街，每条路，我都熟悉。"

海豚又问起比雷艾夫斯，这是希腊有名的港口。喜欢胡吹的猴子以为是一个人名，就回答说："呵呵，比雷艾夫斯呀！我非常熟悉。他是我小时候的玩伴！"

海豚明白了，自己救起的不是雅典人，而是一只猴子，就把它又扔回大海里。

猴子听完故事，笑嘻嘻地说："我就是那只猴子！我不会生气，

因为，我造谣，这是事实。我可以明明白白地告诉你，伟大的寓言家，只要世界上有人相信谣言，传播谣言，我这只谎言之猴就会活蹦乱跳，快快乐乐地活下去！"

猴子和两个旅人

猴子对伊索说："现在，我可以给你讲个有关谎言的故事。"

有两个旅人，一个老实厚道，讲真话；一个虚头巴脑，像我一样，常常讲假话，扯个谎。他们来到我们猴子王国。国王想了解一下，人类对猴子的看法，就命令猴子大臣左右排成行，自己坐在中间的宝座上。然后，宣布将两个人带上来。

国王问道："陌生人，你们看我是什么样的国王？"

喜欢讲假话的人说："我看，您是至高无上的大王！"

猴子国王又问："我的这些文臣武将呢？"

那人又说："都是您的好部下，一个个都是有韬略，有胆识的大人物！"

猴子国王非常高兴，给讲假话的人送上礼物。

接着，国王又问另一个老实人。

老实人看看猴子们，坦诚地说："猴子就是猴子。你可能是一只出色的猴子，你的朋友们，也可能是不错的猴子。"

自然，猴子国王大怒，把说真话的人好一顿收拾。

伊索说："真话虽然很对，可是，很少有人喜欢听。"

猴子说："我们猴子玩玩游戏倒也无妨。怕只怕，你们人类有权的帝王将相，听不得逆耳忠言，让那些中坚抛头颅洒热血，让那些奸臣荣华富贵喜笑颜开！"

猴子和猫

伊索非常欣赏小猴子的口才，并对它的聪明大加赞赏。

猴子说："如果讲讲我们猴子的聪明，我可以讲上三天三夜。"

伊索点点头，说："我相信。不过，我不想等三天三夜，就想现在听。"

猴子哈哈一笑，说："有一次，我和猫到农家院子里找点吃的。想不到的是，在院子里生了篝火，里面正烧烤着今年刚刚摘下来的栗子。栗子还在火中啪啪山响。乘着农夫不在，我和猫商量。栗子是我最先看到的，我不想全要。猫的手脚利索，把栗子取出来，我们对半分。猫确实很卖力，爪子都烫伤了，把栗子全取出来了。可是，它一看，我已经把栗子全吞进肚子啦！哈哈！从此以后，有了'火中取栗'的成语故事！"

伊索哈哈大笑，说："这只能说明，在两小偷之间，即使是同伙，也不存在信任可言！"

舞蹈的猴子

一天，猴子缠着伊索要听故事。伊索对小猴子说："如果你不介意，就讲一个跳舞的猴子。"

好像是在古代印度吧，一位王子非常喜欢训练猴子，给它们穿上戏装，让它们跳舞。这些猴子挺聪明，跳起舞来有模有样，有的猴子还戴上假面具，做出奇奇怪怪的动作，逗得大家欢笑不止。

一天，一位公主想和王子开个玩笑，也想试试猴子们的德行，就在它们表演的时候，扔在台上一把花生米！嘿嘿，猴子一见香喷喷的花生米，立刻忘了演戏，在台上大抢花生米，有的猴子还争吵起来，大打出手。这时，台下的观众拍手称快。

猴子问："这故事说明什么呢？是公主挺坏？还是看客无聊？"

伊索说："你不要去维护猴子的尊严吧。其实，我是想说明，在利益面前，即使是小利，一些像猴子的人也最容易暴露出本性。"

猴子和渔夫

猴子对伊索的故事有点耿耿于怀。

它问："难道，我们真就是如此贪婪？"

伊索说："你瞧，不高兴了吧？我是讲故事，不是真的！"

猴子说："好，好，好！就算故事，你还能找出另一个类似的吗？"

伊索想了想，说："一只猴子看见渔夫在河边打鱼撒网，捕到许多鱼。猴子就想，我也要做个渔夫，打鱼撒网，天天有鲜鱼吃。后来，它真弄到了渔夫的网，就跑到河边撒网。想不到的是，它根本不会这种手艺，结果被渔网缠住了，自己也掉进河里，差一点淹死！"

猴子感叹地说："哎，渔网，欲望！差一点儿要了我的命！"

大陆和沉船

远处出现了大陆的影子，水手们和奴隶们都激动起来。

这大陆是什么地方，人们并不清楚，但是，是陆地就足够了。

小老鼠一边整理自己的行装，准备离开大船，一边对伊索说：

"谢天谢地，总算看到陆地了。我们也要全部离开。我们的船撑不了多久了，如果再不见陆地，我们的船可能就会沉入大海，大家都会成为鱼饵，喂鲨鱼。"

"这话怎讲？"伊索问。

"大船的底部开始渗水了。"小老鼠如实相告。

伊索点点头说："你们在船舱底部，虽然地位卑微，但最了解实情。你们的情报最准，你们的话最有分量。我相信。不过，你们为什么不早些告诉大家？"

小老鼠诡秘地一笑，说："你喜欢大家都成为无头的苍蝇，在船里四处乱飞乱串吗？如果我提前讲了，全船人会马上大乱，人们哭天喊地，却找不到办法自救。船会左右摇晃。你想想，后果如何？"

"没有想到，在关键的时刻，小老鼠会有这样的心机和韬略！"伊索说："不能小瞧底层的小人物啊！"

船到了亚历山大港，大家平安来到埃及。

船进了船坞，立刻修理。

小老鼠家族挥挥手，向伊索告别。

伊索流下眼泪，实在舍不得这些救命恩"人"啊！

奴隶市场

伊索下了船，就被直接拉到奴隶市场出卖。和他在一起的还有希腊绝代佳人杜丽佳，伊索的同乡。

奴隶市场就是拍卖大活人。买主可以上前摸摸奴隶的身体，让奴隶张开嘴，看看牙口，就像牲口贩子买牲口一样。

这种野蛮的热闹，自然少不了围观的人。看热闹是老百姓的合理消遣，全世界都是这样，对文明古国埃及的百姓也不能要求过高。看别人的痛苦，自己轻松一下，无可厚非。

伊索站在台上，和大美人杜丽佳肩并肩。也许是主人有意这样安排，显得丑的更丑，美的更美。确实，台下的观众一片欢呼：

"瞧瞧，这个丑八怪！多么丑啊！"

"看看，这个大美人！真是漂亮极了！"

"据说，丑八怪是世界上最聪明的寓言家伊索啊！智慧的化身啊！"

"据说，这个大美人是希腊最著名的妓女杜丽佳。绝代佳人啊！"

伊索望望身边的杜丽佳，仰天长叹：

"哎，美丽，美丽，和智慧一样，一旦沦为奴隶，全部化为乌有！"

杜丽佳十分平静地看看伊索，说："你说得对，伊索！智慧，智慧，和美丽一样，一旦沦为奴隶，也全部化为乌有。"

厉 鬼

伊索被一位学者买走了，台上只剩下杜丽佳。

杜丽佳悲痛欲绝，想来想去，感到前途渺茫，归家无路，性格刚烈的美人决定早早结束自己的生命。

"与其被人欺凌，不如痛痛快快地离开这个充满罪恶的世界。我成不了仙女，宁可做一个厉鬼！在另一个世界里，也要争取自由，也不让独裁者安宁！"

杜丽佳走了，走得轰轰烈烈。

后来，伊索知道了杜丽佳的死亡，十分悲痛地说："现在，我还做不到你能做的。我想，将来我会！"

金字塔

伊索第一次看到金字塔，就被惊呆了。

"过去，我只是听说，如今，站在你的面前，我才感到你的巨大！这样的工程，不知要耗费多少人的心血和性命！一个伟大形象！难怪，世界上的统治者都想留下自己的工程！也就是留下自己的形象！形象工程啊！可惜，有形的工程很好办，而无形的

工程——口碑，却更难建成。如今，你们几座石头山，经受风吹雨打，已经开始剥落，还能够站在我的面前，耀武扬威一些时间，可是，你们的口碑在哪里？"

金字塔默默地听着伊索的话，不知如何回答。因为，它们知道，那些王除了为自己建造陵墓——金字塔之外，没有关心过老百姓的死活。他们在老百姓的心目中早已经灰飞烟灭。

法 老

法老们听说伊索来到埃及，都想见见他。可是，又惧怕伊索无情的舌头，让自己难堪，一个个犹豫不决。

一天夜里，一位法老的幽灵在金字塔前与伊索相遇，十分谦和地和伊索聊起来。

难得的是，法老对伊索讲："过去，我是至高无上的王，现在看来，所谓至高无上也只能耀武扬威一阵子，一切都是暂时的。假如，没有人和奴隶做出巨大的牺牲，建设了金字塔，我什么也不是！"

伊索没有想到，法老会这样坦诚，一时间想不出如何回答。

法老接着说："我有事没事经常到金字塔前转悠，回忆往事，确确实实感觉到，浪费了国力、人力、财力，为了自己的空名啊，这样做，有些过分啦！"

"如今你有这样的反思，难能可贵！"伊索说："但是，这

些都是过去的事情。人们常说，往事如烟，不堪回首。关键的是，还要看看你的后来者们，能不能接受历史的经验和教训，能不能珍爱自己的国力、人力、财力啊！"

金字塔下的小驴

金字塔下有许多毛驴供游人骑用，其中有一头银灰色的小驴长得十分漂亮，再加上雕花的银鞍和胸前镀金的串铃，更显得英俊。可是，它不愿意让小孩子骑。赶驴的老人很生气，狠狠地给了它两鞭子：

"蠢东西！小孩子也是客人，也是交了费的！你好不懂道理！"

小驴吃过鞭子，垂头丧气地躺在沙地上，反省着自己的错误。

伊索问小驴：

"你为什么不喜欢孩子？"

"很简单，王公贵族和老爷太太骑我，都给我糖吃。小孩子是不给的。糖，他们自己留着吃。不过，讲一句良心话，那些给糖的人总喜欢嘲骂、耻笑和耍弄我。只有孩子真正怀着一片赤诚，对我十分友好。"

伊索长长地叹了一口气，说："哎，你重小利，不重情谊，吃鞭子罪有应得。"

抱　怨

　　小驴知道站在自己面前的是寓言家伊索，就开始抱怨：

　　"我知道你是谁。听老人讲，你没有少编故事，嘲弄我们家族。什么披着狮子皮的驴呀，什么学习猴子上房弄坏瓦的驴子呀，什么运送神像自以为自己也是神仙的驴子呀！"

　　伊索一声不吱，耐心听着。

　　小毛驴看伊索不吱声，就以为自己有道理，讲得更加来劲。

　　"就拿披着狮子皮的事来说，我们到什么地方弄到狮子皮？那狮子皮是我们驴子能够弄到手的吗？再说，上房子踏坏瓦的事，我们驴子干什么要学猴子，房子那么高，又怎么能上得去？至于，驮佛像的事，那是主人的安排，我们并不知道驮着什么！"

　　伊索还是耐心听着。这时，来了一些喜欢热闹的人，他们围着小驴，听它慷慨陈词。听着，听着，人们都憋不住哈哈笑起来。

　　"大家不要笑。"伊索一本正经地说："小毛驴说得有些道理，就拿我来说，捕风捉影编了很多寓言，使小驴背了几千年的'黑锅'，今天让它吐吐苦水，也是应当的。"

　　"抱怨是无能的表现呀！"一个人说。

　　伊索说："也不全对。在抱怨里面还有许多委屈！也需要我们明察！"

驴也聪明

一来二去，伊索成了小毛驴的朋友。

一天，伊索对小毛驴说："我写寓言，对你们驴并没有什么偏见和恶意，只是用你们来影射我们人类。其实，我们人类，在许多地方不如你们驴子。"

小毛驴点点头，感觉到这些话很受用，就问："除了影射人类愚蠢之外，我们驴就没有聪明的地方？"

伊索想了想，说："当然有。就拿寓言来说，有的驴子能够欺骗狼，说自己的蹄子上扎了个刺，在吃它之前，应当把刺拔下来，免得扎着嘴。结果，狼相信了，被驴子踢个正着。"

"哈哈哈，这是我们祖先的光荣！还有呢？"

"还有呢？"伊索挠挠头说："还有，讲的是，驴子比狗聪明。从前，一只狗和毛驴在路上捡到一封厚厚的信。它们打开来看，信上写着有关青草、大麦、干草的事情。狗不耐烦了，就问，有没有关于肉和骨头的事。驴子把整封信全部看完，也没有发现有关肉和骨头的事。这时，狗说，这信毫无用处，扔了吧！"

"哈哈哈，这是我们先祖的光荣！还有吗？"

伊索说："当然还有！不过，这要你自己去创造！你可以像我一样写寓言吧！"

骆 驼

伊索在金字塔下搭了一个帐篷。夜里很冷，一只骆驼把脑袋伸进来，温和地对伊索说：

"大师，外面太冷了，能让我的脑袋在你的帐篷里暖和一会吗？"

"当然可以。"

过了一会儿，骆驼又恳请伊索："寓言家，能不能让我的脖子也进来暖和一下。"

"当然可以。"

骆驼看看伊索，又说："我这样站着很别扭，能不能让我的前腿也进来？"

"当然可以。"

骆驼的前腿和半个身子进了帐篷，伊索只好挪挪位置，因为，那帐篷实在窄小，只能睡一个人。

接着，骆驼又开口："外面太冷了，能不能让我的整个身子进来？"

伊索只好又挪挪。可是，帐篷太小，骆驼进来之后，只用了一点力气，就把伊索挤到外面去了。

这样，伊索只好在外面过夜。

天亮之后，骆驼的主人发现自己的畜生钻进伊索的帐篷，而伊索在外面睡觉，很是过意不去。立刻把骆驼拉出来，痛打一顿。

伊索说："那帐篷好似农民的土地，被别人一点一点地蚕食了。那么，蚕食者遭到报应，是很自然的事。"

骆驼告状

骆驼遭到痛打，感到十分委屈，就哭哭啼啼去找宙斯告状。

宙斯问明缘由，皱着眉头说："你是积习难改，还是贪心作怪。你难道忘了，你曾请求给你一双大角，被我拒绝了？因为，你已经够强大了，不需要什么犀牛角！为了告诫你，我把你的耳朵变小了。今天，又是你，得寸进尺，钻到伊索的帐篷里，把别人挤走。这对吗？"

骆驼支支吾吾，无话可答。

宙斯说："不要贪心。如果你不洗心革面，还是贪心，你还会遇到更大的不幸。回去，向伊索道歉！走吧！"

积习难改

骆驼找到伊索，表示道歉。伊索已经猜到是怎么一回事，就客气地说：

"道歉不道歉，无所谓。我倒要看看，你有没有记性。"

这时，小广场上传来卖水人的大声吆喝：

"免费品尝！一口气喝完，不要钱！"

听说免费不要钱，骆驼就想去看看。

伊索说："小心陷阱！天下没有免费的午餐！也没有免费的清凉水！"

骆驼挤到跟前，只见广场上摆放着几个宽口的坛子，里面盛着清凉的水。已经有几个人试着喝水。骆驼犹豫了片刻，决定不能放过这个大便宜！它不由分说，就把脑袋伸进坛子里！进去容易退出难。骆驼喝完水，怎么也不能从坛子里把脑袋弄出来。没有办法，只能脑袋套在坛子里，像一个蒙上眼睛的蠢驴，跌跌撞撞，让世人耻笑。

伊索来到骆驼身边，拍拍它的脖子说："你呀，你呀！积习难改，成为笑柄，活该倒霉！"

狮身人面像

伊索面对狮身人面像，就有一种想和它猜谜的冲动。因为，这祖宗雕像曾是怪兽，给人类出了不少谜。答对的，可以活命，答错的，都得成为它的午餐。其中，最著名的是：什么动物，早晨四条腿，中午两条腿，晚上三条腿？

据说，有人答对了，狮身人面像跳悬崖自杀了。

伊索高声对狮身人面像说："我们人类很了不起。什么谜都可以解开！"

狮身人面像低下头看了一眼伊索，笑着说："哈哈，原来是人类的智者，伊索！实在没有想到，你也这般浅薄！"

狮身人面像的话刺痛了伊索。他立刻低下头，感觉到自己说错了话。

"是啊，我怎么这样浅薄！"

狮身人面像不再理睬伊索。伊索十分难过地站在那里，一动不动，看着自己的脚尖，陷入深深的自省。

夜已经很深了。狮身人面像发现，伊索还在那里低着头，就平和地说：

"抬起头来吧！别盯着自己的脚尖啦！仰起头，看看星移斗转的天空吧！孩子，你很聪明，应当明白，宇宙的深邃、博大！那是无穷尽的奥秘啊！"

月亮宝箱

一个十分精美的宝箱，外面装饰着无数的宝石，里面装着金项链、金耳环、金戒指、红珊瑚、玛瑙、翡翠和金币。满满的一箱子，闪闪发光。人们就叫它"月亮宝箱"。

人们非常羡慕宝箱："珍宝真多啊！"

一天，伊索也来参观，也听到了人们的赞美。

伊索想："人们的赞美，只能说明他们的内心深处也希望自己拥有这些珍宝。"

"你心里说的，可能是真的。人人都想拥有珍宝。不过，拥有了又能怎么样？"月亮宝箱对伊索说："你是聪明人，你细细想想，像我这样的宝盒，珠宝再多，到头来，哪一件是我自己的？人也一样啊！"

山　羊

一群山羊趾高气扬地爬上大树，引起伊索的注意。

山羊在大树上大喊大叫：

"我们是有理想的一族！"

"我们要飞翔！"

"我们高瞻远瞩，有着伟大的抱负！"

"……"

听着山羊的高调，伊索觉得很怪。这些傻乎乎的山羊，怎么变成了"有理想的一族"？伊索走到大树前，想和它们聊聊。

伊索发现，这些山羊唱完高调之后，就大吃树上的嫩芽，把整个大树啃得精光！

"这就是你们伟大的理想？"伊索问。

"有什么比吃到嫩芽更惬意的事！"

"理想从来不是空的！"

"高瞻远瞩，也是要看到眼前具体的东西！"

"……"

听了这话，伊索哈哈笑了。他回忆起，山羊为了虚荣，向宙斯要一把胡须的寓言故事。宙斯给山羊按上胡子，结果贻笑大方，直到今天人们还在嘲笑山羊的胡子。

"嘿嘿，如今唱唱高调，吹吹牛皮，摆一个花架子，还是为了虚假的荣誉啊！"

面　具

在公墓里，伊索看到一座非常奇怪的墓碑。墓碑四周长满荒草，看来，多年来没有人去凭吊，碑身上爬满绿苔，文字也难以辨认，碑顶上是一个面具，露出两只空洞的眼睛和一张裂开的歪歪嘴。

伊索拨开绿苔，十分勉强地读着上面的字迹：

我讲的话，我自己都不相信，可是，我不能不讲；

听我讲话的人，不相信我的话，可是，不得不听！

因为，我没有脑子，

我只是一个喜剧演员，一张嘴巴。

伊索看看碑上的面具雕像轻蔑地笑着说：

"事到如今，你依然在说谎！你为什么不敢说，你的背后有一个十分拙劣的导演！"

自掘坟墓

一个幽灵在坟地里忙忙碌碌。

伊索问："你在瞎忙些什么呢？"

"给自己掘坟墓！"幽灵坦诚地回答。

"你这是何苦！这不是多此一举吗？"伊索说："你闲得无聊，可以和骷髅玩玩纸牌，和乌鸦唱唱歌，跳跳舞啊。"

幽灵把一锹土扔在伊索的脚边，说："你少管闲事！你们人类天天自掘坟墓，你没有讲半句话阻止他们！"

"此话怎讲？"伊索问。

"你们贩卖有毒的食品，有毒的粮食，有毒的蔬菜，有毒的水果，有毒的衣物，有毒的书籍，甚至贩卖假药，散布有毒的空气！"幽灵数落着，"你们还以为得计，发了大财，成天乐陶陶。你想想，你们干的和我干的，有什么两样？自掘坟墓！"

伊索一时语塞。

幽灵接着说："今天，我为自己掘坟墓。明天，我为你们掘坟墓！"

幽灵不再理睬伊索，脱掉衣服，甩开膀子，大干起来。

一直观察这一切的猫头鹰这时讲话了："伊索，你有什么感想？"

"我没有感想！"伊索说："我只知道，坑害别人，就是坑害自己！就是自掘坟墓！"

金帆船

巫师对伊索说："您瞧瞧，这是一艘金帆船！有了它，你的灵魂就可以乘风破浪，到达天国！来到宙斯的身边！"

伊索看了一眼金光闪闪的帆船，问："这船很重吧？"

"当然，非常重。是纯金的！"

"那么，它如何乘风破浪？来到大海上，它还不沉到波塞东那里去？"伊索说。

"哈哈，到波塞东那里去也好啊！"巫师回答："波塞东是宙斯的弟弟，毕竟也是个海神啊！"

伊索对巫师的聪明很佩服，可还是按捺不住，讽刺道："怕只怕，船太沉重，一下子沉到哈迪斯那里去了！"

"哈哈，哈迪斯也好啊！他也是宙斯的弟弟，掌管着冥界啊！"巫师狡辩道。

伊索看来一眼巫师，说："看来，不论别人怎么说，你的金帆船都会乘风破浪，你是常有理！这就是诡辩啊！"

巫师哈哈大笑，说："我是喜欢诡辩。你呢？"

猫

伊索在庙宇中遇到了一只猫。这猫披着长长的黑袍子，顶着大帽子，只露出两只雪亮的大眼睛，浑身散发出一种妖气。

"哈哈，你就是伊索啊！"猫伸出爪子，拦住了伊索的去路，说："听说，你在大船上和小老鼠搞得火热啊！"

"没错。"伊索回答："不过，你是谁？"

"哈哈，看不出来了？"猫说着，脱去黑袍子，摘掉大帽子，露出尖尖的小耳朵。

"哈哈，原来是一只小猫。"伊索笑着说。

"不是小猫，是猫神！你没有看见，我胸前挂着念珠？"

"我只知道，老虎胸前戴过念珠，假慈悲一番。如今，猫也慈悲！？"

"对我不要这样刻薄！好不好？"猫说："好歹我现在是一位神仙。"

"可惜，我一时忘不了你和美神玩的把戏。实在对不起呀！"

"没有什么关系。爱上了小伙子，变成美人，结婚之夜，看到老鼠，又现原形！这很正常！再说，那是过去的事！你旧事重提，无所谓，我是宽宏大量的！这次拦住你，就是想给你一点小东西，留作纪念。"猫说着，就从兜里掏出一个小口袋。

猫把小口袋在伊索面前抖了抖，接着说："这里面装着智慧！有了它，你会变得更加聪明能干，讲起寓言故事，会比过去强上百倍！"

"白给，还是有条件？"

"当然不能白给，只有一个小小的条件。"

"什么条件？说说看。"

猫认真地看看伊索，轻描淡写地说："其实，也不算什么条件，小事一桩。今后，你离老鼠远点，把它们忘记，只感谢我老猫就成。"

伊索笑了，说："确实，这不是什么大条件。不过，小老鼠在我危难的时候救了我，我是无法忘怀的。如果，我没有了感恩之心，只有冷冰冰的智慧，朋友们都离开了我，活在这个世界上，还有什么意思？"

金龟子

伊索发现，在埃及许多神圣的地方，都有金龟子的图案。那高高的方形纪念塔上也少不了它。甚至，用贵重的绿翡翠雕刻成小虫子的模样，成为法老和贵族的护身之宝。这是为什么？

一天，伊索问一个金龟子的雕塑。

雕塑轻轻咳嗽几声，慢慢地讲了一个故事。

我们金龟子也叫蜣螂、屎壳郎。我们是草原的守护神。我们拍着胸脯向兔妈妈保证，一定要保护好它的小兔子。不料，鹰抓住了小兔崽子。我们立刻上前十分客气地请求鹰，说：

"请大王放了小兔子吧。我们答应过兔子妈妈，保护好它的孩子。"

鹰根本看不起我们小小甲虫，就当着我们的面，把小兔子撕得粉碎。

"你这样对待我们，伤害了我们的感情和尊严，我们不会让你的后代安生！"我们当即发下誓言。

从此之后，不管鹰在什么地方生蛋，我们都要飞过去，把鹰蛋弄出巢外。

鹰没有办法，只好飞到宙斯身边告状。宙斯答应鹰在他的大腿上生蛋。没有想到的是，嘿嘿，我们在宙斯的腿上放了几个粪球。你是知道的，我们喜欢滚粪球。宙斯老爷子怕脏，就站起来，结果，嘿嘿，鹰蛋全掉在地上，跌个粉碎！嘿嘿！

伊索听完这个故事，沉思良久，一时找不到确切的语言表达自己的内心感受。只能向小小金龟子深深敬个礼，说：

"我们的世界，把你们的侠义精神遗忘得太久啦！"

现　实

伊索自从知道了金龟子的故事，就开始注意身边金龟子的生活。

他看见，许多金龟子从清晨到晚上一直在忙忙碌碌。它们在干什么？滚动粪球。

伊索有些不解，就问一个金龟子，为什么会这样？

金龟子看了一眼伊索，说："我们是金龟子，也叫粪金龟，老百姓叫我们蜣螂，或者干脆就叫屎壳郎。您知道，现实生活和理想世界永远有一段距离。"

说罢，金龟子就忙自己的活计去了，不再搭理他。

伊索还是想问问金龟子，有什么要求没有。当中午时分，金龟子休息的时候，伊索又走向前，打算问个究竟。

金龟子告诉他："我们保护小兔子和鹰斗狠，无非是履行誓言和伸张正义。如今，我们把事情办好了，我们就回到家乡草原，过我们的平常日子，只要鹰不要再来打扰我们。当然，为了维持生计，我们还要滚动我们的粪球。这就是现实生活，你不要大惊小怪。"

伊索听着金龟子的话，眼泪不觉地流下来。

"无非是履行誓言和伸张正义！说得多么好啊！哎，人们参与了轰轰烈烈的事业之后，还能像小小甲虫那样回到故乡去做一

个普普通通的人吗？"

金龟子护身符

伊索买来一个金龟子护身符。

当他向人们讲故事的时候，总喜欢高高举起护身符，向听众炫耀一番。

一天，一个流浪汉问他："你举着一个屎壳郎干什么？"

伊索看都没有看那人一眼，高傲地回答：

"历史上，大人和小孩子都知道，金龟子守信用，讲正义，保护了弱者小兔子，打败了专横的老鹰，让我们知道如何做人。甚至在埃及的神话中，它滚动粪球的样子，像太阳在升起，被称为圣甲虫。如今，有些人只知道它是屎壳郎，只会滚粪球！动不动就嘲笑它！……今天，我把小小的金龟子，这神圣的小甲虫带在身边，就是要告诉大家，它虽然天天滚粪球，但它知道要捍卫誓言，要伸张正义！别忘了，世界上正需要信义和正义！正需要金龟子的灵魂！"

圣甲虫

许多天以来，伊索对金龟子的事心中无底，一直在寻找神秘的圣甲虫神灵，想问明白。在一个十分偶然的机会，他在庙宇的一幅壁画上，看见了这位奇怪的神灵。他是人身，却有一个大甲虫的面孔和脑袋，令伊索十分惊异。

"您是？"伊索悄悄地问。

神灵回答："我叫凯普兰，是一种甲虫。我代表太阳在天上周行一日的路径，也代表旭日初升的太阳神。"

"可是，可是，您的样子……"伊索吞吞吐吐地说。

凯普兰笑着接过话题，大大方方地说："像一个粪金龟！是吧？其实，我原来就是一个喜欢滚粪球的甲虫，如今，人们叫作蜣螂，或者干脆叫作屎壳郎。古代埃及人看见我滚粪球的样子，联想到太阳初升，渐渐地就把我奉为神灵。并称我为圣甲虫。坦白地说，我曾是法老们崇拜的神物，你会在许多地方看见我的身影。"

伊索用心听着，突然感悟到一些东西。

伊索来到庙宇外面，望着天空说："神啊，我今天才明白，我的头脑塞满了多少世俗的、庸俗的东西呀！这些污垢使我渐渐远离神圣，并使我只看到蜣螂和屎壳郎，忘记了圣甲虫！是啊，世界上有多少人，特别喜欢嘲笑伟人们的短处，批评伟人们的黑

暗，而忘记了伟人们给他们带来的光明和好处！"

葡 萄

在一幅壁画前，伊索听到有人喊他，就停下来问："谁和我讲话？"

"我呀，葡萄。"原来是壁画上葡萄在讲话。

伊索愣愣地看着葡萄，问："有什么事？"

葡萄开始大发牢骚："在你的寓言中，我们葡萄好似瘟神，沾上我们边的，没有一个好下场的。"

"此话怎讲？"

"您瞧瞧，狐狸还没有吃到我，就背上一个酸溜溜的坏名声，让世界耻笑到今天；梅花鹿投在我的怀抱里，躲避猎人追杀，可是，它吃了一口我的叶子，就被猎人发现，送了性命。好像我是告密者！"

"这都是它们自己找麻烦啊！"伊索回答："再说，你只看到我的一部分寓言，大概你没有看到，葡萄牺牲了自己，脱胎换骨，酿成美酒，让世界陶醉呀！"

葡萄不吱声了。

伊索接着说："坦白地告诉你，世界上任何时候，如果看得全面一点，就不会牢骚满腹了。酸葡萄也一样！"

眼镜蛇

法老的王冠的正中央有一条眼镜蛇。这蛇是纯金的，它扬起脖子，鼓起气囊，大有随时攻击的架势，让人防不胜防。蛇的眼睛是绿翡翠，闪着绿幽幽的光，透出一股阴森森的寒气，令人毛骨悚然。

伊索看着眼镜蛇，感慨万千："你何苦装成这样啊？"

"我是法老的化身。"

"化身？化身又怎么样？"

"我是最高的统治者，我要让人们惧怕。"

伊索沉吟了半晌，说："让人们惧怕有趣吗？没有人敢靠前，你成了孤家寡人，孑然一身，心灵多么孤独啊！这可不是人生之道，更不是治国之道啊！我可以告诉你：怕和恨是孪生兄弟。你让人们惧怕，你也让人们痛恨！另外，你别忘了，世界上还有鹰！"

豪猪和蛇

蛇对伊索说："我们蛇也是势单力薄的弱者，也是被侮辱和被损害的一族。"

"此话怎讲？我怎么就听不明白！"伊索说。

"举一个例子吧。一天下大雨，一只豪猪来到我的家门前，可怜巴巴地对我说：'蛇阁下，行行好，让我在您的洞里避避雨吧！可以进来吗？'我尽管心里不情愿，还是说：'请吧！'。豪猪进了洞，它立刻张开浑身的硬刺，用力抖动，甩了我一身水。这还不说，它四处乱转，差一点刺伤我，说什么要晾干自己的杀人武器！它是向我示威呀！我看到天晴了，就对豪猪说：'朋友，现在雨停了，你可以走了。我感到不舒服。豪猪望了我一眼，说：'哈哈，你感到不舒服？你可以走啊！我留在这里，挺舒服！'。你听听，这流氓腔调！后来，你还写个什么寓言，说起风凉话：'让闯入者进来了，再赶他出去，还不如一开头就不让他进来！'有这种事吧？"

伊索笑着点点头，说："这事不假。可是，就这么一点点小事，说明不了你就是被侮辱和被损害的一族。你仅仅是遇到一个和你差不多的无赖，受了一点委屈而已。"

蛇和獴

蛇对伊索说："有一天大清早，天刚蒙蒙亮，我就去农夫家串门，打算拜访我的老朋友们。我刚刚走进院门，一只穷凶极恶的獴串出来，想咬住我的脖子。这个家伙，跟大老鼠一样可恶，要多丑有多丑，要多可恨有多可恨，要多龌龊有多龌龊，是个天下最坏的东西！幸好，我事先有了准备，知道逃跑的路线和办法，才没有被它杀害！您瞧瞧，獴多么欺负弱小！我真想把它捉住，踏上一万只脚，让它永世不得翻身！可惜，我们没有脚！我们什么也没有！我们多么可怜啊！我们是被侮辱和被损害的一族啊！呜呜呜……"

蛇说着，还哭了。它伸出长长的灵活的尾巴擦擦眼泪。

伊索看到蛇的表演，毫不客气地说："如果，獴没有发现你，还不知道有多少公鸡、母鸡和小鸡要遭殃！你要害人，没有害成，你就成了势单力薄的弱小的受害者。这是什么道理？你要害人，人们反抗，你又成了被侮辱和被损害的一族，还要血口喷人！这就是你们蛇的逻辑！"

金狮子

在庙宇的殿堂里，金狮子看见伊索正东游西荡，东瞧瞧西望望，对什么都感到好奇，问这问那，立刻转过头去，闭上眼睛，不搭理他。

伊索来到金狮子面前，停下脚步，赞美说："这可是件稀世珍宝！雕塑得多么精彩！狮子的身材匀称，四肢有力，鬃毛飘动，活灵活现，只可惜闭着眼睛，有点儿古怪。"

听见伊索的话，狮子还是不睁眼，只是摆动了一下鬃毛。

"哈哈！这狮子是活的。"伊索笑着说："为什么不理睬我？这样对待我合适吗？"

狮子慢慢地睁开眼睛，说："你是一个令人摸不透的人，在你的嘴里，我一会儿是宽大为怀的大王，一会儿是居心叵测的小人！所以，我不想理睬你。"

"有事实吗？"

"嘿嘿，你写了多少狮子的寓言呀！放了小老鼠的狮子，老年的狮子，农家院里的狮子，和海豚在一起的狮子，和狐狸在一起的狮子，和牧人在一起的狮子，和鹰在一起的狮子，还有，横行霸道分配猎物的狮子,挑拨离间攻击三头野牛的狮子！……最可恼的是，还写个恋爱的狮子，说我为了娶媳妇，情愿拔掉自己的牙齿和爪子！"

"嘿嘿，如果你为了爱情，真能拔掉牙齿和爪子，那可太好啦！"伊索打断了狮子的抱怨，打趣地说："也许，我的寓言故事有些过分。但是，我仅仅是借用你的大名，批判我们人间的丑事，你何必这样介意！"

"你好似在游戏，可是，我们是当真的！"狮子说。

"好啦，老朋友，不管怎么说，你是森林之王，大家还是敬重你的，如果，你不去办坏事。"

狮子的王国

伊索为了向狮子表示敬意，给狮子讲了一个《狮子王国》的故事。

一头狮子成为森林和田野的百兽之王。这头狮子不同寻常，不残暴，不凶恶，不自私，不专横，却温文尔雅，风度翩翩，办事公正，很讲道理，在它的统治之下，森林和田野天下太平。狼和羊、豹子和羚羊、老虎和鹿、狗和兔子、鹰和小鸟等等，都能够遵守法律，和平相处。

一只小兔子说："弱者在强者面前能够抬起头来，不再担心被侮辱和被损害，这就是我们小百姓渴望的天堂啊！"

狮子听到伊索的故事，咧开大嘴，哈哈大笑："你总算说了我几句好话！"

"好话不是白说的！"伊索说："这仅仅是一个理想。理想总是美丽的。可是，现实距离理想总会有很大的距离。你慢慢做

好事吧，先不要专横，学点平等待人。"

"岂有此理！我什么时候不平等待人？！"狮子又发火了。

狮子和狼

狼从羊圈里偷出一头小羊，正准备带回洞中慢慢享受。一头狮子拦住狼的去路，大叫："大胆毛贼，快把赃物放下！"

狼一见狮子，立刻扔掉小羊，逃命跑掉。等它跑到距离狮子很远的山坡上，才回过头，对狮子说："你不正当地抢走了我的东西！"

狮子抬起头，哈哈笑着说："难道这头小羊是你正当地从羊圈里带出来的吗？是农夫和牧羊人送给你的礼物吗？嘿嘿，我只不过是学学你的样子罢了，狼教授。"

伊索对金狮子说："瞧见了吧，这才是你尊崇的《森林法则》，别的都是传说！"

影 子

月夜里，狼感到十分郁闷，白天被狮子打劫的事，一时忘不了，就跑到山顶嚎叫。这时，它看到自己的影子拖到地上，很长很大，就高声大叫："看看，我的身材多么高大！就凭这样的身材，起码也是个国王！怕它狮子干什么！"

狼万万没有想到，老谋深算的狮子已经早早埋伏在山上。这时走出来，让自己的影子和狼的影子重叠，并对狼说："你的影子也不如我的影子呀！哈哈！"

伊索说："如果，强权者想谋害别人，总是有许多办法的。"

狮子很不满："我不在乎你的胡说八道。我也可以给讲一个故事，让你知道，什么是狮子。"

雌狮子

一次，雌狐狸生下三只小狐狸，感到非常自豪，就来到雌狮子面前夸口："您瞧瞧，我的孩子多么多啊！"

雌狮子看了一眼小狐狸，说："你的孩子确实不少，可是，它们都是狐狸！将来，也只能在荒野里追追兔子。瞧瞧我的孩子，只有一个，可是，它是狮子！将是威震山林的大王。"

狮子看看伊索，问："怎么样？"

伊索回答："当然，狮子就是狮子，一个顶三个！只是希望，不要失去王者的风度！"

公牛和狮子

公牛在河边喝水，听到对岸狮子们聊天。

一头狮子说："瞧瞧，公牛的角多么丑陋！世界上再也没有这样古怪和笨重的东西啦！真想不到，它们居然把它顶在脑门上！哈哈，可能是脑袋进水啦！"

另一头狮子说："那些角，是无知的象征呀！"

"哈哈，你们大概不知道吧，那些角是它们祖先传下来的旧东西，它们还像宝贝似的保存着，在今天，早已经成了贫穷和落后的标志！没有人要啦！"一头母狮子说。

"……"

一头年轻的公牛听着狮子的议论，心里很不好受，丑陋、无知、贫穷、落后几个字眼，像刀一样扎在自己的心里，它决心弄掉自己的角。结果，它没有角的当天，就被狮子吃了！

老水牛得知此事，痛心地说："孩子呀，每个种族和国家都有自己的精神支柱和信仰，那是不能丢的！"

青蛙和狮子

黄昏，狮子在池塘边漫步，听到一种巨大的鼓噪声。"呱呱呱！""呱呱呱！"，彼此起伏，无休无止，弄得狮子大王心情不安，坐卧不宁。它猜不到是什么巨大的野兽会这样吼叫，又怎么会潜伏到自己的领地。大王整个晚上在池塘边仔细寻找，却没有发现任何野兽。直到黎明时分，它才看到几个小小的青蛙还在用劲地鼓噪！

狮子嘲笑自己说："哈哈，我真是太没有见识了！事实上，我应当想到，世界上总会有这样一群小小青蛙，成天信口开河，说三道四，高谈阔论，指手画脚！还以为自己是能够指点江山，扭转乾坤的大英雄。嘿嘿，由它们去吧！"

蚊子和狮子

狮子看不起青蛙，蚊子更不在话下。狮子正感到自己被青蛙愚弄了一个晚上，心情郁闷，这时，从水塘里飞来了一群蚊子，在狮子面前"嗡嗡嗡"乱叫，弄得狮子很烦心。

"走开，你们离我远点儿！"狮子命令。

"说话客气一点儿！我们又不是你的臣民！"蚊子说。

"不是我的臣民？那么，到我的领地来干什么？"狮子大吼。

"森林是你的领地。水潭不是！"蚊子说。

"草原是你的领地，天空不是！"另一群蚊子说。

"嘿嘿，还反了你们！要造反啊？"狮子问。

"不是造反，只是想捍卫我们自己的歌唱权利！"蚊子说。

"你们歌唱的权利！你们那是歌唱吗？你们给我走开！"狮子大怒，"如果三分钟之内，你们还不走的话，我要采取坚决的行动，让你们粉身碎骨！彻底消灭你们！"

说着，就伸出爪子打蚊子。

"狮子，你是要开战吗？好吧，我们迎敌！"

小小蚊子立刻吹起号角，不到三分钟，天空中出现了几朵乌云。那不是乌云，是集合号召集来的蚊子大军！小蚊子一个个奋不顾身，专门叮咬狮子最敏感的部位，眼睛、鼻子、嘴、肛门……蚊子好似一床飞舞的大被子，紧紧包裹上狮子！开始时，狮子还有招架之力，可是最后，只能躺在地上告饶，没有任何还手之力。

伊索对狮子说："这可是狮子历史上最悲惨的一次失败啊！你们自以为是战无不胜，就忘记了什么是正义，如今在小小敌人——蚊子面前一败涂地！只是不知道你们吸取了教训没有？"

蚊子和蜘蛛

蚊子打败了不可一世的狮子，是动物世界的一大壮举。小蚊子一个个忘乎所以。它们欢呼胜利，举杯痛饮，高歌狂舞，却忘了水潭边还有暗藏的敌人！

蜘蛛拉起大网，捕捉被胜利冲昏头脑的蚊子！

结果不言而喻。

消息传到狮子住的医院。狮子浑身扎着绷带，只露出半个眼睛，嘴还肿着，躺在病床上，嘟嘟嚷嚷地说："请转告蜘蛛，谢谢它！谢谢蜘蛛，为我报了一箭之仇！"

伊索说："这世界上的事情太不可思议啦！蚊子遭到蜘蛛的暗算，令我们警醒。而狮子的不知悔改，更让人警醒！"

狮子大王老了

狮子大王老了，加上受伤多病，浑身一点儿力气都没有。它躺在冰冷的宝座上，苟延残喘，快要死了。它的宫殿里十分冷清。大臣们一个个都溜了，不想靠前。只能独自被心灵的孤独紧紧包围。这时，一头野猪冲进宫殿，用长牙捅了狮子。

接着，公牛跑来，也顶了一阵狮子。最后，驴子也来了，兴高采烈地踢了狮子几脚。

狮子十分痛苦地说："我可以忍受勇者的侮辱，可是，这头蠢驴的侮辱，我无法忍受！如今，我生还不如死呀！"

伊索对金狮子讲这个故事，本想嘲弄一下孤独的王者。想不到，金狮子哈哈大笑，嘲弄起伊索，挖苦地说："在我一生最后的时刻，我情愿听伊索的寓言！这比驴蹄子富有诗意啊！"

毒 蛇

太阳告诉毒蛇："伊索到埃及了。"

毒蛇看看太阳说："他欠我的账！如果，他敢到我这里来，我会用我的毒牙好好招待他！"

"他怎么会欠你的账？"太阳问。

"你的记性不好！可是，我全记得。他在寓言中说：冬天，我被冻死了，一个农民把我放在怀里，把我暖和过来，救了我。我苏醒过来之后，就咬了他。农民死之前还说，不要怜悯像蛇这样的恶人！你听听，这有多么恶毒！我背了上千年的黑锅呀！难道，我们蛇就是伊索描绘的那样？呜呜呜……"

想不到蛇还感到委屈，哭泣起来。

太阳摇摇头说："你说伊索欠你的账，可是你欠不欠别人的账？……世界上的事情真怪，有些人总是觉得别人对不起他，可是，他从来不想想，自己的所作所为！"

眼镜蛇王

法老王冠上的眼镜蛇王子离开了王冠，到沙漠上建立了自己的帝国。

眼镜蛇小王子从沙丘上露出脑袋，第一件事就是扫一眼自己的领地，看一看有没有别的生灵在这里，或者曾路过这里。如果有，它会立刻攻击或者找机会报复。接着，就是虎视眈眈地巡视领地和寻找猎物，头脑中只有一个字：杀！

眼镜蛇王子一出来，所有的动物都急忙躲开，迟了一步，就会有灾难降临。

日子就是这样飞快地过去，转眼，小王子变得只能拄着拐棍蹒跚的老蛇。如今，它只剩下孤单单的自己。

一天，伊索经过沙漠。

眼镜蛇王说："伊索阁下，你误入我的帝国，但是，今天，我不想杀你。我知道，你写过寓言：法老王冠上的眼镜蛇。我就是它的后代。我只问你一个问题，回答对了，我就放你走。"

伊索大吃一惊，悔恨自己不小心，步入蛇窟。他思索半天，才说："这样吧，我知道，我答对的机会非常少，甚至，不可能答对。究其原因，你比我更清楚。"

"哈哈哈！难怪都说你是一个聪明人！没错！好吧，反正，

我现在也不饿，也没有杀几个生灵取乐的兴致。这样吧，只要你回答，不管对与不对，你都可以走。一言为定！"

"谢谢蛇王的宽宏大量！"伊索说。

"为什么我的身体非常冷？是不是年纪太大了？"眼镜蛇问。

伊索思考了一会儿，回答："不是，不是因为年纪大，而是心灵的孤独！"

眼镜蛇立刻眉毛拧在一起，大叫："你怎么知道？"

"我见过你的父亲和你的祖父，它们都是大王，都是独裁者，它们都是孤独而死。"

铁匕首

珍宝馆里，一群小学生围着一把铁匕首吵吵闹闹。

"这把锈迹斑斑的铁家伙有什么了不起？怎么和法老的金头盔放在一起？"

伊索对孩子们耐心地说："它有历史功绩呀。"

"什么历史功绩？还不是一块破铁片！"

"它打败了青铜宝剑，征服了世界，成为大王。"

"有这种事？可能吗？是真的吗？我们怎么不知道！"学生们大叫。

"当然。它还有更大的功绩！"伊索说。

"更大的功绩？我们不相信！怎么可能有更大的功绩？我们

的知识小宝库里没有这一条！"学生们还是乱嚷嚷。

"没错。它变成了锄头和犁，开垦大荒，给大地带来生机和粮食，让全世界能活到今天，让我们饿不死，还能站在珍宝馆里说三道四。"

学生们一下子哑口无言。

伊索严厉地说："不要以为头脑里有了一点知识就了不起！用不着对自己不懂的事物说三道四！看世界，要看到方方面面，尽可能看得全面一些！历史啊，就是历史！需要尊重的，必须尊重！"

尼罗河

尼罗河在月光下流淌，孕育着一种无与伦比的力量。静谧中，水的奔流声更加澎湃。

伊索跪在河边，双手捧起河水，喝个痛快。

"我的水甜吗？"尼罗河悄悄地问。

"这是母亲的乳汁，甜在心里啊。"伊索回答。

"是啊，是啊，我是一位母亲！"尼罗河好似回想起了什么，慢慢地说："不过，地球上出现你们这些儿女之前，我就是母亲啦。我有自己的品格，自己的个性。我一直生活在这里。"

伊索说："我知道，您告诉我们，如何顺应泛滥的洪水和激流，耕耘大地，划船使舵。"

尼罗河说:"另外,你们要顺应潮流,跟着我走向大海!不要阻挡我的脚步!"

伊索说:"我明白。遇到事情,要看看历史长河的源头,还要看看大海的彼岸!"

"我所担心的正是这一点。"尼罗河说,"一些孩子过分的自信,妄图阻挡我的脚步呀。那,肯定是失败的。"

伊索还想听听母亲河的教诲,可是,尼罗河沉默了。只有明亮的月光在波涛上跳舞。

莎 草

尼罗河畔生长着茂密的莎草。它们看见伊索就拉住他,讲起自己的故事。

"聪明的师傅用我们制造了漂亮的纸张。"莎草说:"画师在上面画出美丽的图画,圣徒在我们身上写下神圣的经文。从此,我们平平常常的莎草,变成了宝贝。"

"看来,人常说的:'知识可以改变命运'是对的。"伊索说。

莎草说:"也许对吧。可是,这只讲出一半道理。你看看我们这些莎草,一点也不比别人差,甚至比别人还要好些,可是,我们依然是普通的莎草。问题是我们没有机会!也就是你常说的,这是命运!"

伊索看看四周茂密的莎草,动情地说:"不要失去信心!只要是命运就有可能改变！怀着美好心愿，真实地生活吧！"

伊索突然感到，这些话有点无关痛痒，是老生常谈，或者说是美丽的废话！

伊索思索了一阵，补充说："也许，真实的生活就是命运最好的安排！你们婆娑起舞，无拘无束，呼吸自由的空气，又是多么青翠啊！这，也应当是命运最好的安排！"

方尖塔

伊索来到庙宇前，看见左右各有一座巍峨的方尖塔。

伊索张开手臂，说："我知道，你们是太阳的象征！"

方尖塔互相看了一眼。

一个说："太阳无须我们象征！"

另一个说："它就在我们的头顶上！"

伊索多少有些尴尬，一时不知道如何回答。

一个方尖塔看出伊索的处境，就缓和一点儿口气说："好好读一下我们身上的文字符号，你就能真正理解我们。"

另一个说："是啊，我们的光荣和我们的英雄，全部写在上面。"

伊索坦言："如今，谁能看懂你们的文字呢？"

方尖塔悲哀地说："我们的光荣，我们的英雄，全被遗忘啦！"

伊索陷入深深的思索，他不明白，一个民族怎么会忘记自己的光荣和自己的英雄？

鳄　鱼

伊索刚刚喝完水，离开河岸，立刻游来一只鳄鱼。

"伊索，老朋友，你慢慢喝水呀，我不会把你怎么着的！"鳄鱼说："你是知道的，我是一条好鳄鱼。"

伊索急忙离得更远些，笑着说："你好，老家伙！你是知道的，我还是一块好肉！"

朱　鹮

伊索在一幅壁画上看到一个人长着朱鹮的脑袋。便停下脚步，问："您是何方神圣？"

朱鹮看了一眼伊索，说："我是托特，月亮、计算和学问之神。"

"我看见您就想起一个故事：《农夫和鹳鸟》。"伊索说。

"哈哈，这个故事，鸟类中十分流行，几乎人人都知道。说的是，一个没头没脑的白鹳总和白鹤鬼混。白鹤偷吃农夫的麦子，农夫发怒了，结果，白鹳也跟着受惩罚。"

伊索说："对，是这样的。"

"哎，交朋友要慎重啊！但是，仅仅慎重还不够。要学会有自己的做事标准，要细心算计，要有学问。这样，不但不会被农夫捉去，还可以成神！"朱鹮托特说。

伊索问："像您这样？"

"没错！"朱鹮回答："我的存在，就是告诫生灵，一只鸟儿能做到的，人更能做到。即使成不了神仙，起码不能像白鹳那样傻乎乎地跟着别人活受罪。"

羽　毛

伊索在神庙中遇到一位手里拿着两只洁白羽毛的大神。

伊索发现，大神所到之处，所有的不可一世的法老雕像一个个都变得恭恭敬敬，老老实实，向大神敬礼，连大气都不敢出。

伊索上前施礼，说："我认识您。您就是法律之神马特。"

马特微微一笑，说："人人都认识我。我是冥府中最严厉的裁判啊。"

"我听说，您会把每个人的心脏都拿出来，放在您的天平上称。这是为什么？您有砝码吗？"

"为什么？砝码？"大神重复着伊索的问话，慢慢地讲，"看见我手里这两只羽毛吗？它们就是砝码。一个是正义，一个是法律。看似轻飘飘的，却是世界上最有分量的东西，我就是用它们衡量每一个人。"

马特法律之神说完，就消失不见了。

这时伊索发现，法老们的雕像又开始交头接耳，叽叽喳喳。

"法老们惧怕正义和法律，真好啊！"伊索说。

神秘的法老花园

伊索参观法老的花园。他看见百花盛开，香飘四溢。可是，有一种花只长茎和叶子，就是不开花。

法老问伊索："这是为什么？"

伊索想了一想也不知道其中的道理，只好悄悄问四周的花朵。

一朵花说："我们每一朵花都有名字和自己的功能。"

另一朵花说："我们花也和人一样。你可以想想，它为什么不开花吧。"

伊索想了一想，明白了道理，并向花儿致谢。

他对法老说："它不会开花，因为它是谎言。"

法老恍然大悟，笑道："原来，这花和人类一样啊！谎言是不会开花结果的！"

蓝孔雀

蓝孔雀展开美丽的长尾巴在法老的花园里散步，它扬起高傲的头颅，迈着方步，不可一世。

伊索说："美丽的蓝孔雀，你是世界上独有的鸟类，太漂亮啦！只是不知道，你的歌声如何。你能唱一首歌吗？"

蓝孔雀看一眼矮小的伊索，哼了一声："我美丽，当然也有美丽的歌喉！我是十全十美的鸟！好吧，我现在就唱。我的歌，起码比你美丽！"

蓝孔雀开始放开歌喉，仅仅唱了两句，自己就感到不对味儿。那嘶哑的声音十分刺耳！蓝孔雀心里不痛快，那展开的大尾巴也收拢起来。

伊索说："现在，不用我再说什么了吧？不要以为自己十全十美！"

蓝孔雀告状

蓝孔雀被伊索奚落了，感到很委屈，就跑到宙斯面前告状，同时，提出一项要求。

蓝孔雀说："我希望有美丽的歌声。"

"可以啊。"宙斯爽快地答应了，说："但是，只有一个小小的条件。"

"什么条件？"孔雀问。

宙斯说："用羽毛换。把小夜莺那样的羽毛给你，你就会有小夜莺那样的歌声。"

"那，我不换了！"孔雀说。

"哈哈，要换的是你，不要换的也是你！世界上的事情不能这样！"宙斯说："为了让你记住这次教训，你要变成火鸡！"

宙斯转身走了，孔雀变成了火鸡。

可惜，孔雀并不知道自己的变身，还以为自己仍然是美丽的孔雀。如今，还在法老的花园里高视阔步，引人发笑。

孝 心

大富豪去世了。儿孙们要显示自己的孝心就雇了许多妇女哭丧。

这些女人是职业哭手。当有人来吊唁的时候，她们号啕大哭，鼻涕一把，眼泪一把，喊天呼地，又跺脚，又捶胸，令人十分感动。可是，吊唁的人一走，哭声戛然而止，她们擦擦眼泪，开始交头接耳，甚至悄悄笑出声来。

古老埃及的这种风俗,令伊索直摇脑袋。他叹息一声,说:"用钱可以买到眼泪,可是买不到真情啊。"

拜见神牛

伊索沿着斯芬克斯大路去拜见神牛。大路两旁蹲着神秘又严肃的斯芬克斯,它们挡住伊索的去路,让伊索回答各种问题。与过去有所不同的是,伊索也可以问各种问题。斯芬克斯会认真回答,最后还要出个谜语,让伊索回答,复习新学到的知识,只是提出的问题必须和农业有关。

斯芬克斯告诉伊索:"例如,你可以问小麦,可以问怎么种小麦,小麦怎么生长,怎么收获,怎么加工,怎么保存,但是,不许问驴子为什么喜欢吃小麦!"

伊索一路走来,迎着日出日落,迎着烈日风沙,走了一天又一天,遇到不同性格和习惯的斯芬克斯,问了不同的问题,得到不同的答案,越来越感到兴趣盎然。他交了不少斯芬克斯朋友,学到了许多农业知识。伊索算一了下,先后遇到了141位斯芬克斯啊!

伊索站在神牛庙前,忽然听到有人喊他:"伊索,你进来吧!"

讲话的原来是一头大黑牛,身上有几片像雪花一样美丽的白斑。它安闲地半躺在地上,正嚼着干草,十分温和地望着伊索。伊索知道,这大黑牛就是他想拜见的大神——农业之神。

"你来到我这里，没有看见金碧辉煌的宝座，也没有看见气宇轩昂的国王，只看到一头老牛，你不感到失望吗？"

"不，我感到十分满足。因为我看到了事物的本真，看到了神的真面目，看到了真诚和朴实。"

"你来到我这里，依然是两手空空，没有金银珠宝，不感到失望吗？"

"不，不感到失望。一路上我得到了比金银珠宝更贵重的东西！我得到了真诚的友谊和珍贵的知识。"

"好吧！你可以回去了。如果你愿意，就把你所看到的和想到的告诉大家：寻觅真理的路上，风光无限！你回去吧！"

猫木乃伊

伊索在庙宇中看见一个猫木乃伊。

猫儿转动着眼睛，对伊索说："寓言家，你还认识我吗？"

伊索看看木乃伊回答："啊，原来是你！"

猫儿说："这些年，我一直在修行，谨小慎微，尽力多做善事。不抓老鼠，吃素，如今有了爵位，成为贵族，赢得神人头衔，才有资格做成木乃伊啊！"

伊索想了一会儿，说："我倒希望，你是活生生的，帮助人类清除鼠患，不要过早地躺在这里。"

木乃伊说："嗨，你这不开窍的脑袋！抓老鼠多么辛苦和危险啊！那是下等活！你还不知道，有爵位，当贵族和有头衔的妙处！为此，我奋斗了一生啊！”

伊索问："就是为了躺在这种古怪的棺材里？值吗？”

"俗！”猫木乃伊闭上了眼睛，不再理睬伊索。

莫默思

莫默思是黑夜的儿子，生性古怪，把嘲讽和非议当成乐趣，天天在世界上找茬，借机讽刺挖苦别人。

一天，他来到奥林比亚山，参观宙斯、普罗米修斯和雅典娜举办的发明创造博览会。

他看到了宙斯创造的牛，就说："嘿嘿，这牛不行，牛角上没有长眼睛！如果把眼睛放在角上，顶起人来更有准！”

他看见普罗米修斯创造的人，大声喊："这个人不好！瞧瞧，把心放在肚子里面，谁知道他想些什么！人应当把心放在外面！”

他看雅典娜发明的房子，说："这个东西不好！如果邻里不和，要搬家怎么办？房子应该有四个轮子，搬家方便！”

宙斯听到莫默思的胡说八道，非常生气，就把他赶出了奥林比亚山。

伊索问莫默思："你这样做，快乐吗？”

莫默思回答："其实并不快乐，但是习惯了。”

"不想改变一下吗？”

"如何改变？"

"你自己先不要游手好闲，也去做个发明家和探索者。那时候，你对自己的成果提出不同的意见和看法，甚至，可以嘲讽和非议自己。那时候你就会明白，谁是受人们欢迎的人物，谁快乐。"

白　帆

静谧的夜色，几朵白帆在在尼罗河上飘动，一轮朗月洒下一片温馨的光，照亮了白帆，照亮了河水。河上传来划船奴隶们的歌声。这歌声低沉悠扬，有一种说不清道不明的滋味。伊索听不清那断断续续的歌词，却理解了绵长的情感……

伊索望着渐渐远去的白帆，老泪纵横。

他说："世界多美丽！如果没有奴役该多好啊！"

受伤的大雁

伊索在法老的墓葬壁画中看到一只受伤的大雁。

这只雁身上带着一只箭杆，伸长了脖子，望着天空，不安地走来走去。

"你这箭？"伊索试探着问。

"啊，它呀！是丛林送给我的伤心的礼物。"大雁很有风趣地回答，"大前年，我在故乡的水潭边玩耍，忘乎所以，失去警惕，被一个少年猎手射中。感谢上苍，箭没有伤及我的致命部位，我带着箭逃脱了。"

"啊，原来你是为箭感到不安呀。"

"不是。箭已经成为我身体的一部分，我早已经习惯，它不会给我带来任何不安了。"

"那……"

"您看看天空！我的同伴们都飞起来啦。它们要飞回故乡！"大雁说。

"你也要回去？"伊索问。

"当然，我在这里养伤两年啦！想家啦！想回去！"

"那里的猎手伤害过你呀。"

大雁有些激动地讲："没错，可是，除了猎手之外，那里还有水潭、大河、丛林、高山、田野和一片蓝天呀！那才叫美丽！"

伊索默默地听着大雁的话，在他的眼睛里出现了希腊灿烂阳光和碧海的波浪。

回希腊去！

伊索乘着一叶小舟回希腊。一路上风风雨雨，历尽艰辛，吃尽苦头，眼看着就要到达希腊海岸，突然，游来一条大鲸鱼挡住

了去路。这是海神波塞东要考验考验伊索。

"我只问你一个问题。你告诉我，为什么要回希腊？如果你有充分的理由，就放你走；如果理由不充分，就把你的船掀翻，让你变成鱼饵，喂鲨鱼！"鲸鱼举起巨大的尾巴，一边威胁，一边对伊索说。

"请你把我的小船掀翻吧！"伊索平静地回答："我没有充分的理由。我仅仅是想家！没有别的理由啦。"

这样简单的回答，令海神波塞东大吃一惊。他想了一想，觉得这个理由成立，深刻又有力，可是，就这样失败，海神有点儿不甘心，急忙又补充一句："为什么想家？"

伊索哈哈大笑，说："你只能问我一个问题。现在，是第二个问题了。"

伊索的回答，令海神波塞东措手不及。他有些生气，一下子就把小船掀翻了。可是，神仙也得讲理。他立刻命令海豚救起伊索，把他送上岸。

宙　斯

伊索回到希腊，第一件事就是去神庙，拜谒宙斯。

"听说，你是想家才回希腊，为什么先来看我？"宙斯问伊索。

"是啊，我是想家。"伊索回答："可是，我的家在哪儿？只有你才能告诉我。"

宙斯沉吟了片刻，说："你的家在哪儿？你的家就在你的脚下！你的大地，有高山，大河，森林，平原！这就是你的家！当然，这也是群神的家！"

猫头鹰

智慧女神派猫头鹰来看望伊索。

猫头鹰落在伊索的肩头，用短短的喙摩擦着伊索的脸蛋，表示欢迎。

"你在外面闯荡多年，有什么感受？"猫头鹰问。

"和你的感受一样。"伊索笑着回答。

"怎么解释？"猫头鹰问。

"你还记得在森林的日子吗？你对鸟儿说，橡实在出芽，一定要拔掉，不能让它长大。它可以榨出有毒的捕鸟胶。人们就是用它捕鸟呀。你还说，要把刚刚播种的亚麻种子啄掉。这种种子对鸟儿也有害。当你看见一个猎人走来，你就告诉鸟儿，他手里的弓箭很可怕，那箭上是我们鸟儿的羽毛。小心啊！结果怎样？所有的鸟儿都说你是疯子！嘿嘿，我在世界上的感受就是如此。"

猫头鹰点点头，说："先知先觉，总是痛苦的！"

忏 悔

猫头鹰看望伊索时，讲了一个忏悔的故事。

据说，密林深处一座废弃的古庙显灵，只要向那里的神仙忏悔，在世界末日到来之际，就有生存的希望。其实，所谓神灵只是一只老掉牙的猫头鹰。谁也说不清，它怎么就成了显灵的神仙。野兽们排着队来忏悔，密林顿时热闹起来。

一天，老虎来了。它威风八面，大摇大摆地走在前面。可是，来到神庙前，就开始假惺惺地痛哭失声："作为大王，我总有飞扬跋扈的时候，一不留神滥杀无辜，也不是不可能的事情。总之，我犯下罪过，神啊，你救救我！"

狼来忏悔："作为朝廷命官，公务在身，偶然之间，也有为虎作伥的时候，其实，我仅仅是例行公务，照章办事。当然，这也是罪过，神啊，原谅我！"

蛇忏悔说："研究学问，有的时候也不得不钻营。虽说钻营不是大罪，但，总有点不那么光明磊落，背离了研究学问的宗旨。神啊，我有罪！"

蚊子也来认罪："为生活所迫，我吸过人血，尽管我仅仅吸了那么一点点，但是，万万不应该吸血之后幸灾乐祸，四处宣扬，嗡嗡乱叫。神啊，救救我！"

老猫头鹰天天享用着供果，同时，精神上受着谎言的熬煎。

不分白天黑夜，忏悔之声不绝于耳，老猫头鹰无法安眠。一天，它终于熬不住了，只好站出来说：

"我不是你们寻找的神仙！你们统统回去吧！不过，我要告诉你们：你们在忏悔，也忘不了说谎！面对世界末日，还要油腔滑调地为自己开脱、辩护！你们无可救药！走吧，走吧！让我睡个好觉！"

战 驴

战神不想见伊索，原因是，他在如何培养战马上闹出了大笑话，怕伊索的嘲讽。

小毛驴叫得响亮，又善于蹦蹦跳跳，如果在战场上，让小毛驴当号手，又当突击队员，一定能打胜仗。战神想得挺美，就把毛驴当战马喂养。小毛驴一个个吃得膘肥体壮，毛色油亮。可是，它们一听见号角声，一个个都尿了！

伊索听说此事，哈哈大笑，说："战驴！一个多么伟大的设想！用不着任何人去嘲讽，让它们站在战马面前就行了。看看它们明不明白，什么叫无地自容！不过，这件事，与小毛驴自身无关，它们本来就是驴！战神不想见我，恐怕另有缘由，老人家可能不愿意我当面赞美他聪明过人吧？"

比美大会

奥林比亚山举办一年一度的比美大会。各种动物云集，一个个都要显示自己的美丽。伊索当然要前来看热闹。

大家还记得吧？乌鸦把别人的羽毛插满全身，被人揭穿；老猕猴把自己的小猴子当成王子举荐，令宙斯笑破肚皮。那么，今年的看点在哪儿？

鳄鱼带着小鳄鱼登场。

鳄鱼说："我的小鳄鱼的皮肤光洁、美丽，嘴巴宽，牙齿白，还有一双动人的大眼睛！特别是在关键时刻，还能流出同情的眼泪。"

鳄鱼的举荐令所有的评委大吃一惊，谁也没有想到，老鳄鱼会这样看待自己的丑陋。大家让伊索讲讲自己的看法。

伊索说："它还没有说完啊，请它接着介绍吧。"

鳄鱼咳嗽了两声，看看四周的评委，十分高傲地讲："哈哈，还是大寓言家聪明。最后，我要郑重其事地告诉大家，根据世界级的大学者考证，在遥远的东方，那条龙是我们的远亲！"

评委们全都傻了眼。伊索也找不到恰当的词汇表示对鳄鱼的藐视。

抱　怨

　　伊索到泉水边喝水，遇到一群前来打水的女人。她们把水罐放在水泉下，一边等待滴滴泉水把水罐灌满，一边聊天，甚至打打闹闹，开着玩笑，很是快活。不过，也有几个老太婆在抱怨。

　　"瞧瞧我们这些苦命的人！一天到晚，操劳不休。再看看人家富人！大门不出，什么也不干，悠闲自在，多好！"

　　伊索听见了，哈哈笑着说："我给老人家讲一个故事吧。从前，湖边有一棵柳树，它迎着清风，看着小燕子飞舞，虽然没人理睬，但是，它很是快活。一天，它看到富贵人家的大院子里有一棵枣树。园丁经常给它浇水施肥，长得枝繁叶茂。小柳树突然感到自己很不幸。'哎，人家富人多好！'可是，秋天一到，人们用木杆把枣树打个遍，枝叶和枣子落了一地，枣树痛苦不堪。这时，小柳树才感到自己无比幸福。"

　　"哈哈哈，伊索，你这个聪明的家伙！我明白你的意思！谢谢你的故事！"

　　"说实在的，富贵人家的女人，可没有我们的自由！"

　　"更没有我们的快乐！"

　　伊索说："抱怨无用，会把日子弄苦的啊！"

水　罐

水罐对伊索说："自从你写了《两个罐子》，我们身价百倍，成了知名人物。谢谢你！"

"实在对不起，我都忘了写了什么。"伊索说。

"大河上漂下来两个水罐，一个是陶罐，一个是铜罐。陶罐对铜罐说：'请你离开一点儿，不要靠近我。只要你轻轻一碰，我就要被碰碎了。无论如何，我也不愿靠近你！'这，就是您写的故事。我如今还能倒背如流！"

"还算有点意思！"伊索开玩笑说："今天，想不想和铜罐为伍？"

"作为好朋友，还是保持一定距离为好。你看，打水的女人多么小心，生怕我们和铜罐相撞哩。"

宠物狗

贵族大老爷彼得穿着丝绸长袍子，抱着宠物狗，在人群聚集的广场上大摇大摆地横晃。他高傲地仰起头，谁也不理。他怀里的狗有点"狗仗人势"，一个劲地狂吠，令人侧目。

伊索走到跟前，仔细地看看狗，又看看贵族大老爷，扬起头哈哈大笑。

"站住！丑八怪，伊索！你笑什么？"彼得大老爷厉声问道。

"想知道吗？"

"当然！"

"你爱你怀里的小狗吗？"

"当然！"

"爱到什么程度？"

"和我的孩子一样！"

"这就对了。我笑，就是笑你们两个长得一模一样啊！"

乌 鸦

乌鸦听说伊索回来了，就找他诉苦。

乌鸦说："从你去了埃及，我一直兢兢业业教育小乌鸦，教授它们知识。让它们把小石子扔进水瓶里，一颗一颗地扔，直到那少半瓶水到了瓶子口，我们可以喝到。哎，这可是一个技术活，需要耐心和技巧啊。知识很重要！尽管如此，人们还是不喜欢我们！"

"除此之外，没有教它们别的？"伊索问。

"别的？你指的是什么？"乌鸦问。

"譬如，不要妄图变成鹰，叼走一头小羊；不要把别人的美

丽羽毛插在自己的身上，四处炫耀；不要听奉承话，别把奶酪送给狐狸；不要学习小喜鹊偷东西；不要把坟墓当成游乐园……"伊索慢慢地讲着。

"这些东西呀？我没有讲过。"乌鸦坦诚地说。

"问题就在这里啦。你只强调知识，而忘了传授品德。如今，你的孩子，一个个都是没有品德的黑老鸹式的精灵鬼，谁喜欢？"

乌龟和兔子

伊索没有想到，乌龟和兔子结伴来看望他。

兔子说："如今，我不再骄傲。动物运动会上任何一次比赛，我都是第一，除了第一次和乌龟的比赛。"

乌龟说："我知道，我的唯一一次胜利是对手白送给我的。但是，我明白了一条真理：只要目标明确，持之以恒，就可能成功。"

伊索哈哈大笑，说："如今，你们对那次比赛还牢记在心，还有了经验教训，真是妙不可言！听说，还有才情横溢的作家写续集，弄出个第二次、第三次、第四次龟兔赛跑。"

"是的，确实有此事。"乌龟和兔子异口同声。

伊索想了想，说："今天，我看这些东西并不是最重要的。"

"为什么？"乌龟和兔子又是异口同声。

伊索说："要记住，你们不是比赛，是游戏。你们给大家带

来了快乐才是重要的。另外,更为重要的是,你们今天不再是对手,而是好朋友啦!"

狐狸请客

狐狸在自己的家里大摆宴席,欢迎伊索回乡。

伊索进门一看,惊呆了,只见满满一桌子葡萄。有紫葡萄,有白葡萄,还有绿葡萄,美不胜收。狐狸摆的是葡萄宴!

"狐狸小子不才,为了给伊索老爷子洗尘,特意准备一点水果,请寓言大师品尝。"狐狸油腔滑调地讲。

伊索看着五彩缤纷的葡萄,闻着清新的鲜果味,一下子明白了狐狸的良苦用心。

"看来,狐狸可以吃到葡萄啦!千百年来,你背着'吃不到葡萄说葡萄酸'的黑锅,也该扔掉了。哈哈。"伊索说道。

"我可不是这个意思!"狐狸连忙说:"说真心话,这个'黑锅'令我知名度大大提高,我成了新闻人物!人人都知道了我这只狐狸。如今,人们怎么讲都可以,我早就习惯了,不在乎了。我今天请老人家来,是为了另外一件事,我只想请大师再写一首寓言《狐狸请客》,告诉大家,不能总用旧眼光看人哪。嘿嘿。"

伊索听见这些话,哈哈大笑了。

狐狸和白鹤

狐狸请伊索吃葡萄。伊索说："你请我吃葡萄，让我回忆起，你请白鹤吃饭。"

"老爷子，您的记性有问题，不是我请白鹤，是它先请我吃饭！"狐狸开始狡辩。

伊索哈哈大笑，说："就算白鹤先请你吧。这个故事如今成了寓言经典。"

"正因为如此，我要维护自己的名誉。"狐狸嘻嘻笑着说："那一天，白鹤准备了一个大肚瓶子，里面是鱼汤，味道还不错。可是，我的嘴太粗，伸不到瓶子里，我什么也吃不到。可是，白鹤那个家伙，有喙，又长又细，伸到瓶子里，把鱼汤全吃光了。"

"所以，你后来就报复它。用一个大平盘子盛菜汤，你伸出舌头一舔而光，白鹤什么也没有吃到。"伊索讲。

"其实，这是没有办法的办法。叫作'以其人之道，还治其人之身'。我们只是玩玩，逗个乐子。只有在人类的世界里才动真格的。您说，是吗？"

"哈哈。原来你把我装进去啦！"伊索仰天大笑。

狐狸和豹子

狐狸和伊索讲起比美的往事。

豹子说它最美丽。

豹子高傲地站起来转动着苗条的身材，显示着浑身的花纹，一边说："瞧见了吧，黄色的背景上是黑色的金钱花纹，有明有暗，美丽至极呀！"

狐狸说："你的皮毛确实漂亮，可是，你的这里如何？"

狐狸指指自己的脑袋。

豹子瞪大了眼睛，立刻就不高兴，有点要大发脾气的意思。

"你看看，仅仅这样一点儿小事，你就要发脾气，这怎么是美丽呢！"狐狸说："美不美，主要看心灵，心灵美才是真美！"

伊索听了这个故事，苦笑一下说："我不想给你讲什么心灵美。这个故事有几千年的历史啦！几千年之后的今天，我想告诉你，人们还是以貌取人，同时，对这个'貌'也有了奇奇怪怪的标准。"

"我听不懂你的话。"狐狸说。

"我在海外，看到过这样的怪事，有人把癞蛤蟆皮当成最美丽的皮，把叫花子的衣服当成最时尚的衣服！"伊索讲。

"这绝对不可能！你是在骗我。"狐狸说。

"你是一只老狐狸，老白毛，能活很长时间，你会看到这些

鬼东西风靡世界的那一天！"

白毛狐狸是否看到了那些东西，我们不知道。可是，我们有眼福，我们看到了乞丐服！

狐狸和刺猬

狐狸过一条水流很急的河，一不小心被急流卷走，被冲到一个深沟里。狐狸遍体鳞伤，骨头好似散了架子，躺在那里一动也不能动。这时，一大群牛虻飞来，落在可怜的狐狸身上吸血。

一只刺猬路过这里，看到狐狸受苦，很是同情，就对它说："伙计，我把你的牛虻赶走吧。"

"别，别动！"狐狸急忙说："就让它们吸。千万不要打扰它们。谢谢你的好意。"

"为什么呀？"刺猬问。

"这个道理，你能懂。这些牛虻已经吃饱了，它们待在这里休息。假如，把它们赶走了，会飞来一群新的呀！"

"这是一个让人伤心的故事。"伊索说："我在埃及一个小镇，就遇到类似的故事。镇长横行霸道，可是，镇上的人坚决反对另派一个新镇长。"

"为什么？"狐狸问。

"这你还不知道？白白长了一个狐狸脑袋！"伊索大笑。

狐狸和狮子

伊索非常高兴和狐狸聊天。

一天，伊索问狐狸："你还记得如何辱骂狮子大王吗？"

"好像没有这种事情。我怎么敢辱骂大王？"

伊索一笑，说："对你不利的东西，全部否定，全部忘记，也就是说，全部不存在！"

"我想起来啦。狮子大王让人帮助它整顿风气，要大家多多批评。当时，我说，狮子大王很辛苦。"狐狸说。

"不，不！不是你拍马屁的事。是你当着狮子的面，真的辱骂它。"伊索讲。

"嘿嘿，我敢嘛！"狐狸还是装不知道。

"好吧，我告诉你。"伊索说："有一次，狮子被猎人活捉，被关在铁笼子里。当时，你就站在狮子面前，高声辱骂。骂人你很有两下子，最后，骂得狮子哈哈大笑！"

伊索看狐狸不吭声，接着说："还记得狮子怎么大笑吗？"

狐狸点点头，说："确实有这件事。当时，狮子不失王者的风度，对我说，我骂的不是它，而是落到它头上的厄运！"

"这就对啦。今后，不要在别人倒霉的时候，雪上加霜吧！"

狐狸和乌鸦

伊索和狐狸聊起骗乌鸦的往事。

"嘿嘿，这可是寓言的经典啊！"狐狸高兴地搓着双手。

"嘿嘿，鬼才知道，乌鸦这个鬼东西从什么地方弄到一块肉。它叼着肉，蹲在大树上美滋滋的，正想享用。老天有眼，让我路过这里，闻到了肉的香味。

'哎呀，从什么地方飞来的神鸟啊！'我非常夸张地大声喊叫，目的就是吸引住乌鸦。我接着说：'这鸟儿的羽毛多么漂亮！体型也美，脸蛋也俊俏。如果，它的声音也这样美，就会是鸟中的女王！可惜，它不会唱！'

可怜的乌鸦要急于证明自己会唱，就张开嘴哇哇大叫，结果，那块肉就掉在地上。我立刻跑过去，吃下肉，并对乌鸦说：'你的嗓子不赖，就是脑子不行！'这事件的全过程。"

伊索哈哈大笑，说："这是往事。你知道今天的乌鸦干什么吗？"

"还不是老样子，傻傻乎乎的混日子。"狐狸说。

"你大错特错了。"伊索说："它学习了你的骗术，利用人们喜爱虚荣的特点，在亚历山大城里开了一家颁奖公司，制作了各种奖状、证书、奖章、奖牌、奖杯，把各种美丽的头衔高价卖给需要的人。你猜，怎么样？"

"关门大吉!"狐狸说。

"不,生意兴隆!现在,正准备在雅典办一家分公司。正招聘代理人!"伊索说。

"哈哈,这倒有意思!也好,我去应聘!哈哈哈!"

"去吧,爱虚荣的人正等着你去欺骗他们呐!"

丢掉尾巴的狐狸

狐狸想去应聘,伊索拉住它说:"忙什么!我们还有许多事需要回忆哩。"

"嘿嘿,好像没有什么精彩的故事了。"狐狸推脱着。

"那么,丢掉尾巴的狐狸不是很有趣吗?"伊索故意逗弄狐狸。

"不要哪壶不开提哪壶!"狐狸有点懊丧地说。

"哈哈,这个寓言说明你聪明。"伊索讲。

"哎呀,聪明什么呀!自己的尾巴被捕野兽的夹子夹住,为了活命,只好把尾巴咬断,捡了一条命。"狐狸讲。

"这就是你聪明的地方!有些人就是不明白这个大道理,不知道什么地方轻,什么地方重,常常抓不到要害。"伊索十分认真地说。

"谢谢老人家的夸奖。"狐狸露出笑容。

"不过,当你的尾巴没了之后,你欺骗其他狐狸,让大家都

割断尾巴，说没有尾巴最漂亮，就有些发傻了。"伊索接着讲。

"所以，没有狐狸相信我。它们还嘲笑我。"狐狸很懊丧。

"这是罪有应得。怀着坏心肠骗人，只能有这样的结果。对吧？"

肚子大的狐狸

狐狸对伊索说："我有点饿了。"

"那，我们就讲一个你饿了的故事。"伊索说。

狐狸摸摸自己的脑袋，笑着说："我猜到了，你想讲什么故事。"

"说说看。"

"有一次，我好几天没有吃到东西，饿得要死。老天保佑，我看到橡树洞里有一大包食物！从味道上，我就判断出是面包和香肠！这是牧羊人留在这里的。我也没有更多考虑，一头钻进去，把所有的东西全部吃光。这个时候，我的肚子大得不得了，没有办法从洞中钻出来。估计，牧羊人也快回来啦，我可能被发现，被人们活捉。我急得没有办法，想哭，也哭不出来！正在这时，我的一位朋友路过这里，了解了情况后，幸灾乐祸地说：'当时，你为什么不把食物拖出来，分给大家一点儿呢！如今，只有时间可以救你，你就等待吧！'朋友扬长而去，我只能等待，让时间消化我胃里的香肠和面包。"

伊索说："这个故事也没有过时。一是，时间可以改变一切；

二是，办任何事情，进去之前，要想到如何出来；三是，不要捡便宜！退一步说，如果牧羊人及时回来，今天，你就不会和我在此聊天啦！"

狐狸和羊

狐狸想喝水，一不小心掉进井里。水是喝了不少，可是，无法出来。高高的井沿长满青苔，溜滑，狐狸试了几次，没有办法脱身。巧的是，一只山羊也口渴，正好来到井边。它看见了狐狸，就问："水好不好喝？"

狐狸十分快活地回答："又凉又甜，味道美极了！"

山羊不假思索，立刻跳下来喝水。这样，山羊也陷入困境。

"怎么上去呢？"山羊喝饱了水，问。

狐狸说："这非常简单。你把前蹄子搭在井沿上，我先踏着你的角上去。我再转回身，拉着你的角，把你拉上来。"

山羊立刻按着狐狸说的，把前蹄子搭在井沿上。狐狸非常迅速地出去了。

"你把我拉出去呀！"山羊在井里大叫。

狐狸转回头，嘿嘿笑着说："不是我背信弃义，我实在没有力气拉动一头肥羊。你这个老家伙，胡子倒很长，只是脑袋不灵光！再见！"

伊索问狐狸："你欺骗别人，陷害别人，还嘲笑别人，是不

是过分了？"

狐狸回答："这可是你胡编的寓言故事。这种捡了便宜还卖乖的事，我实在不想做。其实，你当时就是想告诉大家：在诱惑面前要看清退路！不知道怎么一回事，我倒成了替罪的狐狸。哼！"

狐狸和砍柴的农夫

狐狸对伊索说："我给你讲一个你们人类的故事吧。"

伊索笑笑，说："请便。"

一年冬天，我被猎狗追赶，来到一个砍柴的农夫家里。

我央求农夫："请您救救我。我会报答您的。"

农夫就把我藏在茅草屋里，说："我就是热爱大自然的小生灵。你的生命就是我的生命！"

不一会儿，猎人骑着马来到农夫家，问："看到一只狐狸吗？"

"没有，没有！"农夫回答，同时，用手指指茅草屋。老天保佑，猎人没有明白农夫的手势，骑着马走了。

我急忙从茅草屋出来，头也不回就走。

"狐狸，你怎么也不谢谢我呀？我救了你的命啊！"农夫在我身后大叫。

"我本该好好谢谢你，如果你嘴上讲的和你做的一致，如果

你的手势不背叛你的誓言的话！"

伊索笑了，说："这是口蜜腹剑！你讲这个故事，就是希望，看一个人要看他的行动，不要轻信那些美丽的诺言！"

狮子、狐狸和鹿

狮子病了，躺在洞里，没有办法给自己弄到吃的。

狮子正在发愁，狐狸来访。狮子就对狐狸说："老朋友，我饿坏了。请你到森林去，把那头鹿骗过来，我想吃它的心肝和脑子。"

狐狸说："我别的不会，骗人内行。等着吃鹿心吧！"

狐狸来到森林，见到鹿就大声说："我亲爱的朋友啊，你交了好运！我特意从狮子大王那里来。老人家快死了，正在考虑接班人的大事。它第一个想到了你，让你做它的继承人，统治整个兽类王国。我特意前来通报。希望你不要错过良机，马上跟我去见狮子大王，把权杖拿到手。"

鹿被狐狸忽悠得头脑发胀，感到飘飘然。就跟着狐狸来到狮子洞。狮子一见鹿，立刻扑上去。但是，狮子体力不济，没有跳得像自己想象的那么高，仅仅抓破了鹿的耳朵。鹿感到不对头，就急急忙忙跑回森林。

狐狸感到自己丢了脸，狮子也感到对不住狐狸。可是，狮子肚子太饿，只好再一次请求狐狸，再去骗骗鹿。

狐狸说："大概不成了，骗一次可以，骗第二次，很难了。谁那么傻呀！"

"你的办法多，再试一试吧！我求你啦！"

狐狸再一次见到鹿，非常不高兴地说："你怎么这样不识抬举呢！狮子大王想和你面授机密，咬咬耳朵，把密诏相告，你却溜了！这怎么成！你想不想当权力的继承人？想不想成为森林王国的统帅，坐在大王的宝座上？你呀，真是不懂事！等你坐在宝座上我会成为你忠实的仆人！好啦，想好了，就跟我回去。机不可失，失不再来！如果，信不过我，你就别去！"

狐狸的激将法起了作用。鹿本来想大骂狐狸，却再一次被狐狸迷惑。是啊，鹿又开始做帝王梦，跟着狐狸去看狮子，结果，有去无回。

狐狸说："这头鹿，太笨啦。"

伊索说："迷恋权力，铤而走险，可能就是这样的结局。"

素食家们

奴隶主哈桑自诩是一位伟大的素食家。

一天，他在广场上发表演说。只见他挥动双手，好似鸟儿扇动翅膀，鼓吹素食的必要，同时伸出手指头，逐一数落素食的好处，令广场的听众倾倒，赢得排山倒海的欢呼声和掌声。

可是，演说之后，听众们立刻涌向市集，购买羊肉。只见肉

摊前面人山人海，比平时增加了好几倍！

伊索看到这种情景直摇头。他回到住处，看见主人哈桑正大摆筵席，宴请宾客，刚刚烹制好的烤全羊散发着阵阵香气……

伊索对哈桑说："看来，您的演说没有起任何作用。"

"哈哈，聪明的伊索，这次你又错了！"哈桑笑着说："人们热烈鼓掌，并不是真正赞同！我说的话，也用不着立刻兑现！常言说得好，从说到做隔着十万八万千里！这样浅显的道理你都不懂，还算一个什么伟大的寓言家！？哈哈！"

毛 驴

一头毛驴驮着两筐鲜花走在雅典城狭窄的小巷里。驴蹄子踏在石板上发出"嘚，嘚"的声响，鲜花散发出阵阵清香。毛驴有点自我陶醉。

这时，迎面走来了弯腰驼背的伊索。

"让开，让开！丑八怪！"毛驴大叫。

"您是谁？"伊索很客气地问。

"我是谁？难道你没有看见吗！我驮着鲜花！我是雅典城里大名鼎鼎的寓言家伊索！"驴子说。

"原来是这样！"伊索笑着，急忙躲在一边，给毛驴让路。"请吧，当代的伊索！"

关于"废物"

奴隶主哈桑要在城邦议会发表演说,为了更吸引人,就让伊索先听一听。

"雅典不需要废物!"哈桑开门见山。

"好!美妙的开头!"伊索鼓掌。

哈桑很得意地摇摇头,接着说:"一些希腊人,对城邦和社会充满了失望和沮丧,心中烦恼无处发泄,只能仰天长叹,天天牢骚满腹,抱怨不休。他们对城邦失去信心了!他们的心里肮脏的废物多多!实在是废物!"

伊索说:"这可是城邦议会自己弄出的结果!他们本来老老实实地工作,如今却失去了工作!譬如,你们议会收缴了他们的渔船,并课以重税。不是这样吗?"

哈桑有点不耐烦地说:"好,好!那么,那些斤斤计较,看不得别人富有,总给别人下绊子的家伙,算废物吧?"

伊索想了一下,回答:"对这些人来讲,他们本来有机会,也有能力,但是,他们没有抓住机会,更无法显示他们的能力。心中压抑,渐渐变得灰暗。结果,出口又找错了,才走上错误道路。这,当然不是好事。不过,我要问问,如果议员们不把机会全给了自己的三亲六故、亲朋好友,把更多的机会留给普通人,还有这么多所谓废物吗?起码,废物会少一些吧?"

哈桑瞪了一眼伊索，心里恼火，大声说："岂有此理！那么，那么，那些傲慢又偏见的家伙，目空一切，作威作福，自以为老子天第一，还要攀龙附凤，以皇亲国舅的后代自居！这些暴发户和土豪，不是废物吗？"

"谁说他们不是废物？"伊索也提高了嗓音，说："可是，这些人都是你的心腹啊！"

一听这话，哈桑勃然大怒，拍着桌子大吼："放肆！你，伊索，自从你从埃及回来之后，就变得十分骄傲！我不想见你！给我出去！滚！"

伊索哈哈大笑，说："我可以走，不过，我要告诉你：那些制造废物的人才是最大的废物，譬如，高贵的阁下！"

狄奥根尼和伊索

1

伊索被哈桑赶出家门，信步来到大街上。他看见犬儒哲学家狄奥根尼正半躺在大瓮里晒太阳。伊索走过去，故意挡住阳光。狄奥根尼慢慢睁开眼睛，看见是伊索，哈哈笑道："是什么风把寓言家吹到我的大瓮里来了！"

"我还以为，你会像驱赶亚历山大大帝那样驱赶我，让我别挡住你的阳光。"伊索笑着说。

"哈哈，世界上只有一个亚历山大大帝，我也只能驱赶他一次呀。"狄奥根尼说。

伊索十分明白这句话所蕴含的哲理，就说："可是，阳光依旧。"

"哈哈，我的聪明的寓言家，这次你又错了！阳光重来都不是依旧，每天的太阳都是新鲜的啊！"

2

伊索和狄奥根尼正聊着，一只流浪狗路过这里。

"嘿，这不是大贵族彼得老爷家的宠物吗？前些日子还趾高气扬，今天就如此可怜！"伊索说。

"没有什么可怜的。丧家之犬，丧家之犬嘛。"狄奥根尼说。

突然，他抬起头看了伊索一样，诡秘地一笑，接着讲："寓言家，你是怎么出来的？"

伊索明白狄奥根尼的话中有话，哈哈大笑，说："还不如这只狗，是被主子踢出来的。"

狄奥根尼也哈哈大笑，说："我们都是狗，只是更有自己的意志和头脑，不肯屈服罢了。"

3

一群小鸟叽叽喳喳落在大瓮上。

狄奥根尼看一眼小鸟，笑着说："又到了午饭时间。"

他拿出仅有的一点干粮，放在手心里，开始喂小鸟。

"今天，你的午饭没有了。"伊索说。

"习惯了。你看见没有，有的时候，少吃一顿饭，会救人一命。"狄奥根尼笑着说。

"我还看见，一个人的一顿饭，是几十人的一年的粮食。"伊索愤愤地说。

"是啊，是啊。"狄奥根尼叹息一声说："我曾大白天打着灯笼在这些人中间寻找一个爱生灵的人，结果一无所获！"

卖财神的人和伊索

伊索在市集上闲逛，再一次遇到卖财神的小贩。

小贩依旧大喊大叫："谁把我的财神请去，上帝会睁开眼睛，就让他成为百万富翁！来吧，快买吧！"

人们争先恐后，很快把财神买走。

小贩发现了伊索，就热情地跑过来，拍拍伊索的肩头，说：

"哈哈，谢谢你在寓言故事里狠狠嘲笑了我！大概，你也不会想到，你为我做了不收费的大广告，你使我四海扬名，人人都知道了希腊有一个卖财神的人！所以，人人都来凑热闹，买我的财神，而不一定就信我的鬼话。"

伊索苦笑着说：

"这和雅典娜大神的文化圈子里的故事相同。严肃的文艺批评常常使一些蹩脚的作家名声大震。我已经习以为常。至于你要感谢谁，我看，还感谢那些买你财神的人吧。往往是无知成全了

骗子！如今，是玩笑和游戏成全了骗子！"

占卜的人和伊索

伊索遇到占卜的人。两人相视而笑。

"生意还好吗？"伊索问。

"混饭吃吧。"占卜的人说："你的情况如何，寓言家？"

"嘿嘿，饭都混不上了。"伊索坦诚相告。

"我看得出来，看得出来。"占卜的人很同情地说："对我来说，面对一个饥肠辘辘的寓言家，看一眼就明白了。"

"哈哈，好一个会算卦的半仙！走下神坛的哲学家，立刻失去光辉，成为凡夫俗子。"伊索说。

占卜的人哈哈大笑，接着拿出一条小鱼干和一杯清水，递给伊索："我们的胡说八道和哑谜，解决不了任何实际的困苦。朋友，别介意，这是我的心意，也是我仅能拿出的一点点食品，收下吧！"

伊索被占卜的人所感动，一边咀嚼着小鱼，一边说："最实在的常常是最直接的利害关系！谢谢你！"

会跳远的罗陀斯岛人

广场上人山人海，一群孩子在练习跳远。孩子们跳得很好，人们热烈鼓掌。

一个从罗陀斯岛来的人撇撇嘴，说：

"这算得了什么！我在故乡罗陀斯岛，比他们跳得远多了！"

这样的吹牛很不合时宜，惹得大家不快。

这时，一个孩子说："这里就是罗陀斯岛！你跳跳试试！"

那人不会跳，只能在人们的嘘声中灰溜溜地走了。

伊索看到这里，联想到另外一些事情，心里对自己说：

"哲学家呀，哲学家，妄想自己能超越时代，只能变成笑柄！"

牛 粪

广场上，几乎所有的妇女，不论是贵妇还是平常百姓，都理着非常奇怪的发型。长长的头发一圈一圈地盘起来，一眼望去，活脱脱的一摊牛粪。更妙的是，上面还插上一朵鲜花！

一个孩子觉得好笑，就问伊索："这是怎么一回事？奶奶、妈妈和姐姐们都疯了吗？"

“孩子，这比疯还要可怕。”伊索说：“这是疯狂，是失去理智的时尚啊！”

玉石项链

突然之间，玉石项链成为雅典城的财富标志。

脖子上戴着玉石项链的人，令人高看一眼，以为是大富豪。

渐渐的，戴玉石项链的人越来越多，最后，几乎雅典城所有的妇女都有一条。

人们戴着项链招摇过市，成为另一种时尚，大家都成了“大富豪”。

伊索看在眼里，觉得奇怪，就去探索一番。

他发现，有一些人并不富有。她们变卖家私，节衣缩食，才买上一条很一般的项链。还有的人很穷，没有财力去购买，就想方设法弄一个假的。

伊索心里一阵苦楚，感叹道：“虚荣呀，虚荣，你会把人类引向何处？”

油头粉面

广场上出现了一些油头粉面的富家子弟。这些小伙子靠着家庭的富有，教育无方，娇惯和溺爱，一个个喜欢涂脂抹粉，把自己打扮得女里女气，妖冶异常。这还不算，他们还当街搂搂抱抱，出尽怪相；还挥金如土，胡乱花钱，令人恶心。完全失去了男子汉的品德。

油头粉面们说："我们有钱！我们是富豪的子弟！我们是世界上最高贵的年轻人！我们是世界上最富有的年轻人！我们是世界上最快乐的年轻人！"

伊索告诉他们："你们辱没了圣洁的女性气质，也玷污了崇高的男子气概！你们是世界上最可怜的年轻人，最贫穷的年轻人，最痛苦的年轻人。几年之后，你们就会尝到你们自己播下的苦果！让我们拭目以待吧！"

"哼哼，就是你这个丑八怪这样胡说！"

"你没有钱，不知道有钱人数钱币的高兴劲！你嫉妒我们！"

"你没有机会乔装打扮，你也不明白其中的痛快！你很落伍！"

"你一无所有，你这个讨饭的奴隶，凭什么说我们最可怜、最贫穷、最痛苦？你是恶意中伤！"

伊索想了想，说："是啊，你们有钱有势，有时间胡闹，还

有人溜须拍马，故意吹捧你们，说什么'引领潮流'！表面看，你们什么都有啦！可是你们脑袋空空，没有理想啊！这是致命的，未来不会属于你们！"

"尽是胡说八道！要什么未来？"

"我们就要快乐在当下！过一天算一天！"

"我们有我们的自由，你管不着！"

"我们就是不要理想，就是不要未来！你靠一边去！"

伊索听着，有点无言以对，实在不知道和这些自甘堕落的家伙说什么好。可是，他心里明白：这些油头粉面抛弃了未来，自然，未来也会抛弃他们。

哈桑要喝干大海

广场上，人们可以畅所欲言，或者胡说八道。一些政治家，常常为了笼络人心，讲些哗众取宠的漂亮话。有些知名人士，为了显示自己的才华、学识或者美丽的服饰，也在这里信口开河。广场上充满了鼓掌声、叫骂声、斥责声、哄笑声和嘘声……

伊索被广场上的热情所鼓舞，挤在人群中，感受着希腊雅典特有的风情。伊索心想："这是一种狂热，也是一种不负责任。除了消遣之外，没有任何益处。"于是，伊索准备离开。就在这个时候，他听到了一个十分熟悉的声音："我向大家发誓，我可以喝干大海！"

哈桑正在讲台上显示他的"才华"。伊索大吃一惊，同时，为他的"主人"感到羞耻。他立刻离开广场。同时，他预感到，哈桑会设法找到他，让自己为他解脱困境！伊索怀着忐忑的心离开了广场，走向大海边。

"即使我是一个天才，也不可能什么都知道！我可不知道如何喝干大海！不可能！不可能！"伊索喃喃自语。

信天翁和伊索

哈桑在广场上夸下海口，要喝干大海。伊索立刻警觉到，哈桑会回来找他出主意。可是，有什么办法喝干大海呢？

伊索心中无底，就到大海边向生灵们求教。

伊索呼唤信天翁："您在大海上翱翔多年，看见许多事物，知识渊博，您可能知道一些办法。"

信天翁展开巨大的翅膀，一边摇头，一边对伊索说：

"我只关注大海上的风和浪，研究如何利用气流，别的我一无所知。伊索啊，你应当明白，我不可能什么都知道。任何人在自己还糊涂的时候，不能讲出清醒的话！更不能给别人指明方向！实在对不起，寓言家先生！这种道理，大概不用我更多的解释，你能理解。"

"尽管如此，我还要谢谢您！谢谢真话！"伊索说。

海豚和伊索

伊索呼唤海豚。海豚踏着波澜来到大海边，认真听了伊索的请求，笑着说：

"是啊，是啊，我是会救人的。这没有错。但是，我只会救落水的人，别的我并不会。即使如此，我还常常把人和猴子弄错，把不应该救的猴子弄上岸，让天下嘲笑。伊索啊，请原谅我，我的思维能力十分有限，实在救不了你，也救不了一个吹牛的哲学家！我这样说，你可不要生气，并没有推脱的意思，你应当理解。"

伊索向海豚深深地鞠躬，说："我要谢谢你。谢谢真诚。"

海 鸥

一群海鸥飞来，围着伊索噪叫。

"哈哈，伊索也有不知道的事情！"

"哈哈，居然是为别人打算！"

"哈哈，很关心一个吹牛皮的奴隶主！"

伊索抬起头，望着海鸥，嘿嘿笑了，说："我伊索也是一个凡人啊！"

"哈哈，凡人！凡人的脑袋就可以进水吗？"

"哈哈，凡人更没有必要为一个不负责任的吹牛匠解围！"

"哈哈，凡人，'凡'到家了，成了'烦'人！"

伊索向海鸥鞠躬，说："谢谢你们！谢谢嘲讽！"

螃蟹和伊索

伊索正一筹莫展，感到自己的脚趾头被夹了一下，低头一看，原来是一只大螃蟹。

伊索正想发火，螃蟹大声说话了：

"伟大的哲学家！你怎么不问问我呢？"

这一声问话，好似平地一声春雷，使伊索精神一振。他立刻弯下腰来，细听螃蟹的教诲。

"我会告诉你，喝干大海的办法，因为我们十分了解大海。不过，在这之前，我要告诉你一些别的事。……听好了，你们这些自以为聪明的寓言家，你们没有少嘲笑我们螃蟹家族，胡说我们横行霸道。我倒要问问你们，我们在海滩上横行，与你们何干？我们的习性就是如此，这是上帝的安排！我们又有什么办法改变？话又说回来，我们前进的速度并不比别人差，而我们的方向感，同样很杰出。从科学的角度上谈，我们是很美妙的造物！现在，比比你们人类，嘴上说前进，实际上在后退，嘴上讲朝着伟大的方向前进，实际上走着歪门邪道，或者，背道而驰！嘴上

说光明正大，走向太阳，实际上是钻到黑洞里！干着阴暗无耻的勾当！……你不要瞪眼睛，伊索先生！你能否认我讲的话吗？你看看周围的世界，看看那些帝王，看看那些贵族，看看那些绅士！你胡诌些寓言故事，大概也是在批判你们自己的世界！你说，我讲的话对吗？"

伊索从来没有想到螃蟹会来这一手！他的内心有点震动。想了一下说："谢谢你的金玉良言！我全部记下了。"

这时，螃蟹哈哈大笑说："请趴下，我要和你咬咬耳朵！把最核心的机密告诉你！"

伊索一听，十分顺从地趴在沙滩上。

"听好，寓言家！我们祖祖辈辈生活在入海口，我又是一个喜欢钻研的大学者、大人物，我十分了解河和大海的关系，河水是淡水，海水是咸的……这样，这样，如果把河水和海水分开……这可是绝密啊！"螃蟹哈哈大笑。

伊索突然明白：在底层的小人物，他们更了解一些事物的细枝末节，知道许多事实真相，也不是白给的！

海 浪

伊索站在大海边，望着后浪推前浪，听着波涛的对话。

"大哥哥，你能不能快点儿走？"

"你跟上我就可以啦！"

海浪前呼后拥，奔向海岸。

"大哥哥，眼看就到海岸了，你能不能再快点？你挡住了我的去路啊！"

"你能超过我，你就超吧！我不想挡住你！"

海浪奔向海岸。

前浪一部分变成泡沫，一部分又退回大海。

后浪很不高兴，大声喊叫："你，你怎么可以退步，还变成泡沫？你，你……"

后浪的话还没有讲完，自己也变成了泡沫。

礁石和大海的泡沫

海岸上，礁石坚硬强悍，总喜欢指手画脚，指点江山。

一天，它看见大海的浪涛来到岸边，打在自己的身上，浪花四溅，有的还变成泡沫。

礁石很不喜欢泡沫，就嘲笑起来：

"没有想到，大海上还有这种垃圾！"

泡沫看了一眼礁石，说：

"浅薄的东西，表面看来你有点坚硬，但是，你身边的沙子就是你的先祖，难道，你自己不知道吗？大浪淘沙，海水会把你慢慢变成沙砾！别太骄傲！至于我，看来是很肮脏的泡沫，其实，却是美神的摇篮。维纳斯就诞生在我的怀抱里！听明白

了吗？"

伊索对泡沫的想法十分赞同，世界就是这样变幻的。

弹涂鱼

弹涂鱼生活在海滩的烂泥里，练就了行如闪电的硬功夫，一有风吹草动，立刻就消失在烂泥里，一般人是无法靠近的，更别想捉到它。可是有一天，它们不知不觉地被一种东西钓走，很多情况下，一瞬间就在海滩蒸发！

原来，渔夫发明了一种长钓竿和甩钩。他们站得距离弹涂鱼远远的。弹涂鱼本来就是老近视眼，看不远，根本不会想到远处的模模糊糊的人影是敌人。渔夫凭着精准的眼力和腕力，甩出鱼钩。这些鱼钩从天而降，迅雷不及掩耳，一个钩一个，钓住弹涂鱼。

据说，至今弹涂鱼还不知道为什么同伴神秘消失，以为是玩捉迷藏。对自己行动的功夫充满信心。有的时候晒太阳，还和同伴吹嘘："我们有神功！我们有神功！！我们有神功！！！"

伊索说：不了解世界的变化和科技的进步，所谓的"神功"，只能成为花架子或者成为强者的笑柄。

❧ 篝 火 ❧

黄昏时刻，牧人在草原上点起篝火。伊索向篝火走来，向牧人问好。

牧人认识伊索，立刻招呼他坐在篝火旁边："请坐下，暖和暖和吧。"

这时，篝火"噼噼啪啪"作响，伊索愉快地说："篝火也欢迎我这个流浪的诗人！"

一位牧人哈哈大笑，说："你实在会讲话！本来是没有什么意义的事，一到你的嘴里，就有了故事！"

另一位牧人学着伊索的腔调，说："别坐得距离篝火太近！篝火虽然很好，坐近了，它会烧你的屁股！哈哈！"

篝火边上的人们哈哈大笑。

伊索却没有笑。他望望牧人说："你很了不起！你讲出了一个人间真理！"

蝴　蝶

　　牧人和伊索聊得十分开心。牧人自然很希望伊索讲点儿有趣的寓言故事。正在这时，一只蝴蝶飞到篝火边。伊索立刻停止了讲述，让大家观看蝴蝶。

　　蝴蝶围绕着篝火飞，可能是它感到了温暖，飞得更为有力，一圈又一圈，看样子非常快乐，似乎是在感谢篝火给它带来的光明和温暖。可惜好景不长，也许是它距离火苗太近，一只翅膀被火苗烧了一个洞，小蝴蝶立刻歪歪扭扭跌下来……一个小生灵就这样被埋葬在篝火里。

　　牧人和伊索沉默了许久，可是，还有更多的飞虫投奔篝火。

　　伊索说："有些家伙像篝火一样，以光明和温暖为诱饵，不知欺骗和谋杀了多少天真烂漫的年轻人！"

牧人和大海

　　牧人对伊索说："先生，你可没有少讲我们牧人的故事！"

　　"是吗，有哪些故事？"

　　"你说，我们在大海边放羊，看见大海十分平静，就想下海经商。我们卖了全部家当和羊群，买了船和一船蜜枣。结果，遇到大风暴，船太沉重了，不得已，只好把全部的蜜枣统统扔进大海。我们划着空船差一点儿葬身鱼腹，总算活着回到岸边。我们又开始了放牧的日子。奇怪的是，大海风平浪静。我们想，可能大海又想吃蜜枣啦！"

"不管这是不是我讲过的故事，你们要记住，别人能做的事情，不一定适合我们。如果硬去干，不仅仅要把蜜枣扔进大海，还要扔掉自己的船和性命！"

牧人和丢失的公牛

牧人说："你还讲，我们在林中放牧牛群，丢了一头小公牛。我们向森林中的神仙祈祷，我们要奉献一只羊，让我找到偷牛的家伙！结果我们看到，在山下，一头狮子在大吃我们的小牛！天啊，我们立刻向大神们许愿，让我们平安逃脱，我们会奉献一头大公牛！"

伊索讲："就算是我的故事吧。"

"你的故事很荒唐！"牧人说："你只说我们牧人的坏话，你没能指责偷牛的狮子，对那些神灵，更没有说半句话。这不公道！"

另一位牧人说："现在，我们明白了，森林中的神仙和狮子是好朋友，它们串通一气，让我们百姓遭殃！"

伊索哈哈大笑，说："不要生气，戏弄小百姓的神仙不仅森林里有啊！"

牧人和狗

牧人说："在你的故事中，一天傍晚，我们牧人关羊栏的时候，把一头狼也关进去了。幸好牧羊犬认出狼，并对我们说：'主人，如果让一头狼进了羊圈，你怎么指望羊群的安全！'这故事，是不是有点荒唐？"

另一位牧人接过话题，说："我们牧人怎么分不清狼和羊？又怎么会把狼关进羊圈？"

伊索听罢，哈哈一笑，说："那条狗讲的道理总算没有错吧？你们是孤陋寡闻，不知道世界上真有这种怪事情！当然，不是你们牧人，而是狼王。为了统治天下，它经常把狼派到羊群中去！"

牧人和狼

牧人说："伊索，你讲的故事中，有关我们牧人和狼的故事太多了。"

"那是当然，因为你们和狼几乎天天打交道啊。"伊索说。

"最有趣的是，你说，我们在牧场遇到一只迷路的狼崽子。我们把它带回家，和狗养在一起。狼崽子很快长大，遇到狼来偷羊，它总是和狗一起去追。有的时候，狗追不上，只好回家。这时候，狼崽子穷追下去，直到和偷羊的狼混在一起，共同分享美味。然后，狼崽子再回到牧人的身边。如果，没有狼来偷羊，狼崽子会监守自盗，偷偷杀了羊，还要宴请牧羊犬！这事十分蹊跷，后来，我们牧羊人发现了狼崽子的所作所为，就把它吊死在大树上。"

"这故事是真实的。"伊索说："牧羊人可怜狼崽子，也可以理解，它毕竟是一个小生命。但是，当你救狼崽子的时候，你不能指望它也成为一只狗！更不能指望它成为一只好的牧羊犬！"

狼和牧人

牧人说："伊索先生，你讲的一个故事是这样的：狼跟着羊群很长时间，并没有伤害任何一只。牧人开始还提防他，紧紧盯着狼的一举一动。但是，狼一天天和羊走在一起，一点也没有攻击羊的意思。牧人开始认为，这头狼是保护羊的。有一天，牧人要进城办事，就把看护羊群的任务交给狼。狼明白机会来了。它向羊群扑去，把羊咬死一大半，自己回到了森林。牧人回来一看，羊群死了大半，揪着自己的头发说：'我真是活该，为什么把羊托付给狼呢？'您听听，我们牧人多么愚蠢！世界上怎么会有这

样的牧人？"

伊索听完牧人的话，说："请你们不要生气。我仅仅讲了一个故事，借用你们的形象，讲点道理！坦白地说，如今类似的故事还在发生。"

"胡说吧？"牧人不相信。

"请你们想想，那些身穿白袍子的社会精英！他们天天在元老院里大声议论国家大事，议论来，议论去，结果把一个国家，伟大的希腊，托付给一个独裁者！这些精英和那位牧人不是一样吗？"

牧人和羊

牧人说："我们把羊群赶进森林，看见一棵高大的橡树。树上结满了橡实。我们就脱下外衣，铺在树下，又爬上树，把橡实摇落下来。羊群看见橡实，就毫不客气地踏上我们的外衣，一边啃咬橡实，顺便把我们的外衣也啃坏了。我们咒骂羊群：'没有良心的，你们忘恩负义，你们把羊毛贡献给别人，却把主人的外衣给毁了！'……"

"这故事不好吗？"伊索问。

"我们牧人，不会把外衣铺在地上。"

"我们也不会这样宠着羊群！"

"其实，我只想说一件事，只是没有讲明白。"伊索坦白地说。

"什么事？"牧人问。

"你们可能听说过，一个好心人，对别人的事情十分关心，可是，自己的老妈生病，却不能陪同去医院。因为，他正忙着给别人的孩子送糖果！"伊索说："我不知道这样做好不好，对不对，只知道，他的老母亲还得别人送到医院去！奇怪的是，人们还赞美那个不管自己母亲，却给别人送糖果的人！"

牧童和狼

牧人看着伊索，讲起一个故事：

"一个小牧童，自己在牧场上闲得无聊，就大喊：狼来啦！狼来啦！村里的人急忙赶来，却没有看到狼。小牧童大喊大叫了三次，人们三次受骗。不久狼真的来啦，小牧童又大叫，可是没有一个人来帮他……"

所有的牧人都哈哈大笑起来。

"这是个老掉牙的故事！"

"哈哈，这就是伊索寓言的经典啊！"

"说谎的人即使讲真话，也没有人相信！"

伊索看看牧人，说："你们知道吗，如今大喊狼来了的人，早已经不是小孩子啦？想一想，凯撒大帝周边的人物，那些有头有脸的家伙，为了转移百姓的注意力，维护自身的利益，今天讲大海上可能爆发战争，明天讲大地上可能爆发火山……他们天天在

讲狼来了!"

牧羊人和野山羊

　　牧人对伊索说:"你曾给我们讲过这样一个故事:牧人和野山羊。牧人赶着自己的羊群回家,发现有两只野山羊混在羊群中。牧人心中窃喜,就把野山羊和家羊一同关在圈里。巧的是,第二天大雪纷飞,不能出去放牧。牧人只能把饲料分给羊群。自己的家羊,只给一点点,定量配给,根本吃不饱。给野山羊的饲料却十分丰富,没有限制,敞开吃,除了干草还有香喷喷的豆子!转眼过去好几天,野山羊一直受到特殊的款待。雪停了,太阳出来了,牧人可以把羊群赶往牧场了。野山羊离开了牧人,立刻向山里跑。牧人大骂野山羊忘恩负义。'下雪的时候,我把你们照顾得多么好啊!我宁可饿死家羊,也要保护你们!'野山羊回答说:'正是因为如此,我才离开你!想一想,一旦我们成为你的家羊,再有野山羊来,我们还不是也要饿死!为了拉拢新朋友,就牺牲老朋友,这不可取!'"

　　伊索哈哈笑着说:"这个故事,如今不是还重演吗?"

　　牧人没有明白,瞪着眼睛问:"真的?"

　　伊索讲:"看看凯撒大帝吧!为了显示自己的德政,颁布了内外有别的'政策'。正陷害着家山羊,也谋杀着野山羊!"

黑豹和牧人

牧人对伊索讲："黑豹不幸跌进深深的陷阱。被我们牧人看见了。有的人就往陷阱里扔石头，想把黑豹打死。也有牧人同情黑豹，就扔点食品。想不到，黑夜里，黑豹成功逃生。几天之后，黑豹恢复了体力，就回村庄报复。它咬死牧人的牛羊，甚至咬死扔过石头的牧人。全村人担心自己的生命，情愿把自己的牛羊全部送给黑豹，期望黑豹饶命。黑豹说：'我记住了扔石头的人，也记住了给我食物的人。我是作为敌人回来，只和加害我的人算账！'"

"这个故事，我们牧人不喜欢。"一个牧人说。

"我们牧人有这样敌我不分的吗？"

"我们牧人有这样软骨头吗？"

"黑豹似乎还有道理，振振有词，胆敢大白天回来报复！岂有此理！"

"当时，就应当把黑豹打死！"

"怜悯敌人，后患无穷！"

"……"

"伊索先生，你讲的这个寓言，到底要告诉我们什么呢？"

伊索哈哈大笑，说："你们都讲明白了，你们已经全部知道了！我还说什么呢？"

什么是寓言？

牧人问伊索："什么是寓言？"

伊索想了想，说："一个譬如而已。"

"你说了不少我们牧人的坏话，能不能赞美我们几句？"

"是啊，唱一首赞美诗也可以呀，就像老诗人荷马那样！"

伊索想了半天才说："不太可能。你们应当知道，我这种蹩脚诗人，说来抱歉，习惯了揭别人的疮疤，打击、讽刺、挖苦、嘲笑……好似没有别的本事。"

"你这是对待坏人坏事的办法。好人好事呢？"牧人说。

"这倒是一个大问题。我要好好想想。"伊索说："其实，我的心里是有爱的！"

"这个我们非常相信。你在讲故事、说笑话、打譬如之中，主持公道，伸张正义，维护真理，心中充满爱呀！可是，你为什么不大声说出来呢？"

伊索沉思了半晌说："你们有道理。世界上不缺少美丽的花，智慧的树，善良的人心！我可以用譬如来鼓励、支持、赞美！好吧，看看我今后的新故事吧！"

山羊和狼

山羊被狼逼到悬崖上，没有了任何退路。山羊只要再向前一步，就会跌入万丈深渊，粉身碎骨。

狼一步步逼近山羊，龇牙咧嘴，张牙舞爪，感到十分威风。它万万没有想到，就在这个时候，山羊转过身，向狼猛顶过去。狼和山羊同时跌入深渊……

从远处看见这出悲剧的山羊群流下了眼泪，说："我们小百姓没有更多的期望，看见迫害我们的坏家伙受到天惩，我们粉身碎骨也值得！"

公鸡和雉

伊索在树林里散步，遇到一只受伤的雉。

"你怎么啦？"伊索关心地问。

"你还不知道？你在寓言中写过我呀！我是被公鸡打的雉！"

"有这件事，我记得！山里下了大雪，你没吃的，就到农家院子里弄点吃的。不料，两只公鸡跑过来，把你围住，狠狠地打

了你一顿。你逃到院子外面，突然听到打斗的声音。你站在墙头一看，原来打你的公鸡们互相打起来。这些公鸡更加凶狠，比打你还要凶，一个个恶狠狠地下毒手。只见鸡毛乱飞，头破血流……你哈哈大笑说：我不会为我挨打难过了。"

"对，对，对！就是这个故事！"雉说。

"到了今天，你的伤还没有好？"伊索问。

"哎，伤在心里，不那么容易痊愈呀！"雉叹息着讲。

伊索听到雉的话，点点头说："是啊，是啊，你的伤，伤在心里，只能慢慢治。可是，我要告诉你一个最新消息，帮你治病。这些公鸡们内战内行，都是大专家，不懂得和谐的好处，直到今天它们还在头破血流，互相拼命打斗。"

公鸡和宝石

伊索在农家劳作，和人们相处得很好，同时，也熟悉了鸡鸭鹅狗和牛马羊驴。

一天，公鸡问伊索："你还记得嘲讽我们公鸡的事儿吗？"

伊索哈哈大笑，说："关于你们公鸡的事太多了，不知道你指的是哪一件？"

"哼哼，贵人健忘啊！"公鸡嘲笑着伊索："就是我们和宝石的哪点事儿！"

"哦，我想起来啦！"伊索说："你给小母鸡献殷勤，在草地上帮助母鸡找食吃。无意中，你扒出一块宝石。当时，你当着母鸡的面，大声对宝石说：'如果不是我，心胸大度的公鸡，而是贪婪的人，他们会把你当成宝贝。但是，对我来说，你毫无用处。与其得到全世界的宝石，还不如给我的心上人找到一颗麦粒！'你当时的表演很成功啊！"

"你不用嘲笑我。说心里话，至今，我仍然坚持我的观点。"公鸡说。

"为什么？"伊索问。

"如果遍地都是宝石，没有粮食，大家还能生存吗？"公鸡十分严肃地问。

伊索也变得严肃起来，开始认真思考公鸡的问题。

"宝石，当然很好，可是，全世界都关注宝石，拼命去弄宝石，而忘了粮食，世界将会是什么样子？"公鸡接着问。

伊索想不出如何回答公鸡。

"宝石，可以满足人们的贪婪之心，愚弄人们的眼神，满足有钱人的眼福，可是无法满足人们的肠胃，解救不了天下的饥饿啊！"公鸡慷慨陈词。

公鸡有点令伊索刮目相看。伊索沉吟了半天没有立刻讲话。

"怎么，我讲得不对吗？"公鸡问。

"你的话，有一点点极端，还有一点点危言耸听。"伊索慢条斯理地说："不过，不能说没有一点道理！真没有想到，公鸡也会关心天下大事！"

"哈哈，你说错了！我们仅仅是庄家院里的小小生灵，想的大事就是每天吃饭！你懂吗？"

公鸡和狐狸

农夫在自己家的院子里安放了一个捕兽器。一天，一只狐狸想来偷鸡，不小心被捕兽器捆住了一只腿。巧的是被公鸡看到了。狐狸立刻请求公鸡帮忙：

"亲爱的好公鸡，你是世界上最最聪明的大人物，办事公道，充满爱心，常常为解救受苦受难的人呕心沥血！你是森林里救苦救难的新神！"

"你要我干什么？"公鸡战战兢兢地问。

"你不要去告密！我把绳子咬断之前，你不要去告密！"

狐狸的话一下子提醒了公鸡，它立刻去告密。这样，狐狸自然得到了应得到的惩罚。

可是，应该告一段落的事儿到此并没有结束。一些多嘴多舌的青蛙在湖边开了一场研讨会。题目是：《论告密》。这些大嘴巴专家日夜鼓噪，研究着告密的概念和观念的外延。甚至，批判公鸡的告密，好似公鸡有罪一样。

伊索列席听了几天会，最后安慰公鸡说："如果从空洞的酸溜溜的'理论'和'概念'出发，真理也会变酸！让那些敌友不分的家伙，自己变酸去吧！"

争斗的公鸡和鹰

两只公鸡争夺农家小院的霸权，大打出手。斗败的公鸡灰溜溜地溜走。斗胜的公鸡成了王，趾高气扬，挺胸凸肚，跳到篱笆上引颈高歌。它万万没有想到，刚刚站在高处，一只鹰飞过来，伸出锋利的双爪，把王抓走了。灰溜溜斗败的公鸡大大方方走回来，登上王位。

公鸡听到这个寓言，对伊索十分不满意。

"我们公鸡干什么总是窝里斗？"

"这个，要问你们自己呀！"伊索笑着说："内斗是你们的劣根性。争夺宝座是你们的最崇高的理想。你们天天想着称王称霸，天天为称王称霸打内战！这难道不是事实吗？至于说到鹰，是你们自己给鹰留下机会，鹰自然要利用，不利用那是傻鹰！"

母鸡和金蛋

农家夫妇家里有一只神奇的母鸡，每天下一个金蛋。他们希望早一天成为百万富翁，母鸡一天只下一个蛋，太慢了。他们觉得，金母鸡肚子里一定有更多的金子，两人一商量，就决定把母鸡杀

了，取出更多的金子，可以一夜成为大富豪。

母鸡被杀了，可是肚子里空空如也！

"这是一个老掉牙的故事！"母鸡对伊索说："可是，你只讲了一半，还有更可怕的故事。"

伊索笑着讲："请你说下去。"

母鸡说："那一对愚蠢的夫妇不在了，可是，如今他们的孩子们为了发财，或者举着创造财富的旗帜，正在杀森林，杀草原，杀湖泊，杀河流，杀青山，杀沙漠，杀蓝天，杀大海，杀空气，杀野生动物，杀传统，杀文化，杀小孩，杀老人，杀……"

"好啦，好啦，请不要再杀了。"伊索打断母鸡的话，说："你有一定的道理，我同意你的看法。看样子，那些聪明的儿孙是打算自杀。对吧？"

百灵鸟

伊索在树林里散步，几只百灵鸟飞来向他致敬。

百灵鸟落在伊索的肩头，亲切地说："感谢您讲我们的故事。"

伊索笑着说："那可是多少年以前的事啊。"

"可是，我们记忆犹新。那时候，我们在麦田里安家落户，用草叶建设了我们的小巢，生儿育女。小孩刚刚长大，就快到了收割麦子的时候。一天，农夫来看麦子，自言自语：'到了收麦子的时候了。明天，请朋友们来看看。'我们的孩子就急了，想立刻搬家。我说，不要急。果然，农夫没有来割麦子。几天之后，农夫又来看麦子，说：'麦子全成熟了。明天我要亲自带领雇工收麦子！'这时，我对孩子说：'现在，我们就搬家！'……这个故事挺好啊。"

"是啊，是啊。"伊索说："直到今天，我们必须信奉这句话：自己动手才是真的！"

戴胜鸟的羽冠

戴胜鸟也来看望伊索。它问："老人家，还记得你编的故事吗？"

戴胜鸟的羽冠非常美丽。可是，谁知道这美丽羽冠的来历？

传说，戴胜鸟在大地诞生之前就有了。它只能在天上不停地飞，不能落地。因为，大神还没有造地。戴胜鸟天天翱翔天际，感受到宇宙混沌初开的壮丽。

一天，戴胜鸟的老父亲飞不动了，就落在年轻鸟儿的身上，没过几天，老鸟去世了。年轻的戴胜鸟找不到埋葬父亲的墓地，就把父亲安葬在自己的头上。

就这样，戴胜鸟天天带着老父亲的灵魂和肉体在宇宙中飞翔。渐渐地，父亲的灵魂和肉体幻化成漂亮的羽毛，把有爱心的后代打扮得雍容华贵。

伊索说："神话是美丽的，只要我们去做，一定比神话更美丽。让我们爱前辈也爱后代吧！"

燕 子

燕子对伊索说:"老人家,您把我们和败家子写在一起,我们有点不高兴。"

伊索想了半天才说:"我实在记不起来啦。"

"那是一个古怪的春天,也可以说,是一个反常的春天,春天来得突然,我们以为可以飞回北方,结果出了问题。一个败家子把家里的东西早已经挥霍得干干净净,只剩下一件外套。他看到我们飞来,以为春天来了,就把仅有的外套卖了,结果冻死在街头,而我们小燕子,也遭到不幸。"

"我记起来啦。"伊索说:"我本来是想挖苦一下败家子。没有想到,殃及你们小燕子。如果说这个故事还可以读一读,就从另外一个角度理解吧。倒春寒虽然可怕,但是,它无法阻挡真正的春天!你们瞧瞧,森林里春天的花开得多么美丽啊!"

悲伤之神

宙斯在分派神的权力时,悲伤没有到场。当他急急忙忙赶来的时候,已经没有神的权利可以提供了。悲伤立刻大哭起来。宙斯哈哈一笑说："就把哭泣的大权给你吧！"从此，悲伤和眼泪画上了等号。让人们流眼泪成悲伤大神的乐趣。

伊索知道此事后，笑着说："大家可要小心啊，遇到难受的事，不论多么痛苦，千万不要悲伤太久，否则，那位神仙会让你哭泣不止，泪流成河，不能自拔，而他自己却在一边哈哈大笑！"

北风和太阳

太阳晒着伊索的脸，对他说："你走遍世界，真正给你带来温暖的还是我。"

伊索向太阳致敬，并说："您给我的东西太多了。谢谢您！不过，北风给我的东西和您给的一样！"

"奇怪！我怎么和北风一样？"

伊索笑着说："我记得，您和北风有一场比赛。看一看，谁最先让路人脱下自己的衣服。北风首先动手，它一个劲地吹冷风，结果，路人把自己的衣服更紧地裹在身上。北风失败了。接着，您出手。您露出微笑，一点点释放出您的热量，强烈的阳光照着路人。他不得不一件一件地把所有衣服脱下来，汗流满面，坐在地上喘气。最后，不得不跳进小河里洗澡……"

"我给人温暖，怎么和北风一样？"

"您不要着急。当然，劝说胜过强迫。没有人否定您的温暖。

我是从接受教训上看北风的。北风冷酷、残暴，它也让人们从另一个角度看到一个真理。那就是类似北风这样的事物必定失败！"伊索解释说。

一听这话，太阳哈哈大笑了。

蝙蝠、刺藤和海鸥

海鸥总是在大海上转来转去。伊索问道："你在寻找什么吧？"

海鸥说："说起来话长。当年，我和刺藤、蝙蝠合伙航海经商。蝙蝠借了钱买了一条船。刺藤买了许多衣服。我买了矿产品——铅。不幸的是，我们遇到大风暴，船沉了！我们被救起来，总算活一条命，回到岸上。从此，我们三个全变了。蝙蝠害怕债主，不敢白天出来。刺藤疯啦，看见衣服就去钩，看看是不是自己丢的衣服。我，也够可怜，每天在大海上飞，看看能不能找到我的矿产品！"

伊索说："你们的遭遇令人同情。可是，今天你们的做法十分不妥。你们为什么总是往后看？为什么不看看将来？寻找失去的东西，也许有必要。但是，更需要追求新的东西！总是沉迷在过去，还有什么希望啊？"

蝙蝠和黄鼠狼

躲避债主的蝙蝠夜里出来找食吃，不小心落在地上，被一只黄鼠狼活捉。

黄鼠狼说："我这辈子就是恨鸟。今天捉住你，我很开心。"

蝙蝠立刻大叫："先生，我可不是鸟！我是你的近亲，小老鼠！你好好看看！千万不要自残骨肉啊！"

黄鼠狼仔细看看蝙蝠说："嘿嘿，真是一只老鼠！好吧，你走吧！"

过了不久，蝙蝠又被另一只黄鼠狼活捉。

黄鼠狼说："我这辈子就恨缩头缩脑的老鼠！龌龊到家！今天捉住你，我很高兴。"

蝙蝠立刻大叫："不，不，我不是老鼠！我是一只可怜的小小鸟！"

黄鼠狼仔细一看，蝙蝠果然有一双翅膀。这样，蝙蝠又捡回一条命。

伊索说："蝙蝠很聪明。随机应变，两次脱身，不简单。不过，既然有这样的能力，为什么不到外面的世界闯荡？能力要用正地方，'好钢用在刀刃上'。你还欠着别人的买船钱啊！"

两个兵和强盗

两个兵同行，路上遇到一个强盗。一个兵看见强盗凶悍，手里拿着大刀，立刻逃跑。另一个兵毫不犹疑，拔出宝剑和强盗搏斗，强盗倒在兵的宝剑之下。这时，逃兵赶紧回来，说："我和你站在一起战斗！"

勇士说："如果在你逃跑之前，你能够讲出这句话该多好！现在，还是把你的宝剑放回剑鞘，也把你的舌头放回嘴里吧。嘿嘿，你的舌头可真勇敢！也许别人不知道你如何行动，我却感觉到了你的所谓勇敢！你逃跑得太快，你装勇敢也不慢啊！"

伊索说："事后的大力支持和装好人，我们见得太多了。除了无用之外，多多少少还有些虚伪。实在要不得。"

捕鸟人和毒蛇

捕鸟人带着粘鸟胶和长长的树枝到林中捕鸟。他发现了一只鸫，就悄悄靠进去，同时悄悄地把长树枝伸到小鸟的身边。他太注意树枝上面，一脚踏在一条毒蛇身上。毒蛇毫不留情，张嘴就是一口，狠狠咬了捕鸟人。蛇毒很快发作，捕鸟人的脚开始肿胀，头有也感到发晕。他自语道："我只顾捕捉小鸟，想给小鸟设个陷阱，可是，自己却掉进死亡的陷阱！啊，我是多可怜啊！"

伊索说："我讲一句很毒的话吧。此时此刻，毒蛇很高兴，就如同你捕到小鸟时一样！换个位置思维一下，也许你就不去干那些伤天害理的勾当了。"

鸫 鸟

鸫鸟看见一棵樱桃树，上面结满了红红的大樱桃。

鸫鸟说："我从来没有见过这样红这样大的樱桃！果实一定很甜！"

鸫鸟飞过去，不分三七二十一，就开始大吃大嚼。"嘿嘿，真水灵呀，比蜂蜜还好吃！"

这时，它看一个人悄悄向它走来。

"他不会是捕鸟人。我还可以吃三个樱桃。"鸫鸟不想离开樱桃树。

那个人距离鸫鸟越来越近了。可以看清，他手里的长树枝。那是一个捕鸟人！

鸫鸟想："就算是捕鸟人，距离我还比较远，我还可以吃两个樱桃！"

捕鸟人更近了。

鸫鸟说："我要吃最后一个樱桃，再离开！来得及！"

可惜，不等鸫鸟离开，捕鸟人出手啦，可怜的小鸟成为他的囊中之物。

这时鸫鸟才哀叹道："为了吃到樱桃，为了一口美味，我送掉了性命，实在愚蠢啊！"

伊索很同情小鸫鸟，说："和你的命运相同的人不少。鱼呀，野兽呀，常常为了眼前的甜蜜和一点口福，做错事。如果延伸一下，听一听东方古国的教训，那就是'人为财死，鸟为食亡'！"

苍蝇和飞蛾

农家的窗台上，有一罐蜂蜜敞开盖子，香味四溢，引来一只苍蝇。这个小东西不由分说就落在罐子口上吃蜜。蜜实在太甜了，小苍蝇忘乎所以，顺着罐子口向里边爬。里边，蜜更多，小苍蝇越吃越高兴，手舞足蹈起来。不料，乐极生悲，一失足跌在蜜里，被蜜紧紧粘住，动弹不得。

这时，一只飞蛾看见了苍蝇，就说："这就是贪恋美味的好处！你等死吧！"

农夫回到家，点上一盏灯。飞蛾看见光亮，立刻飞过去。"我最喜欢火焰！"

飞蛾开始围着灯火飞翔，和火焰一同跳舞。一不小心，一只翅膀被烧出个大窟窿。飞蛾一头栽进灯油里。

"嘿嘿，飞蛾先生，你的聪明哪里去啦？"苍蝇挖苦着飞蛾。

伊索看到这出戏，摇摇头说："看来，不论做任何事，痴迷得太深，忘乎所以，可能都没有好果子吃。嘿嘿，'旁观者清，当事者迷'，这个古训，好似还有用啊！"

乌鸦和天鹅

伊索看见一只乌鸦天天在小溪里洗澡。那个认真劲儿，让人感动。

伊索情不自禁地赞美道："你可真讲究卫生啊！"

"谢谢！我要把身上的黑色全部洗干净！"

乌鸦的回答令伊索大吃一惊。

看见伊索哑口无言，乌鸦又犯了多嘴多舌的老病，比比画画地说："你见过白天鹅吧？我也要呀，变成呀，白天鹅呀！"

听了乌鸦的话，伊索哭笑不得，说："看来，你的努力会白费。因为，白天鹅的高洁不是用水洗出来的！"

乌鸦立刻瞪起眼睛问："那，那用什么香皂？什么刷子？"

伊索苦笑着回答："白天鹅的高洁是天然的，就跟你天然是黑的一样。"

乌鸦一听，哇哇痛哭："我的努力啊，全白费啦！"

伊索安慰说："也别泄气！人的灵魂是可以洗干净的！只要你努力办好事，也许会有一个高洁的灵魂！"

橄榄树和无花果树

伊索躺在大树下休息，听见橄榄树和无花果树聊天。

橄榄树说："我过去认为，你无花果树，一年到头都是绿油油，长满叶子。我羡慕，嫉妒，后来就有点恨。因为，我一到秋天，树叶子全掉下来，只剩下光秃秃的树干，要多难看有多难看！"

"是啊，是啊。"无花果树说："我确实满树青翠。可是，你也看到了，一到冬天下大雪，那些黏糊糊的雪片悄悄落在我的叶子上，枝干上，把我压得喘不过气，有的时候，叶子落了，枝干断了，太令人伤心啊！可是，你没有那些累赘，雪片伤害不到你！"

橄榄树和无花果树聊得很投机。伊索想："世界上，人也好，树木也好，都有自己的长处和短处。有的时候，那些长处会给自己带来不幸，而那些短处却是另一番光景。多么奇怪！人啊，我们要学会正确对待自己呀！"

小鸽子

一只小鸽子飞得太久了，感到口渴，就落在屋顶上，想找点水喝。这时，它看到一个大牌子，上面有一瓶水正哗哗往下流！

它不假思索，立刻飞过去喝水。"哐当"一声，小鸽子的脑袋撞在大牌子上！原来这是一幅美丽的画。小鸽子撞昏了，跌在地上。

正巧，伊索路过这里，立刻救起小鸽子。小鸽子在伊索的手里，渐渐苏醒过来。

伊索抚摸着小鸽子，笑着说："让我们感谢画家吧！他让我们脑袋上撞出一个大包，也让我们思索！即使欲望如火，行动时也要冷静。小心慎重，总是对的。"

❧ 三位大工匠 ❧

一座古城被围困了！城里的百姓誓死也不投降。人人摩拳擦掌，要和敌人死拼。

这时，城里的一位大工匠站出来说："大家都知道，我是泥瓦匠大师，我要领着大家，加固古城！"

另一位大工匠说："我是木匠大师，我要用木头加固古城！"

"还有我！我是制革大师。就用我的皮革加固古城！"

人们为三位大师热烈鼓掌，并在大师领导下，分头加固古城。

伊索也在这座城中，并看到了所发生的事情，人们打败了入侵之敌。他思索半天才明白，即使在十分危急时刻，人们还是要表现自己的。

"这种表现太好了。"伊索说："如果人人都能把自己的一技之长贡献出来，那社会该是多么好啊！"

狗和倒影

伊索看见一只狗叼着一块肉走在独木桥上。这只狗看见桥下的倒影，就停下脚步，仔细看。

"嘿嘿，这里还有一只狗！它叼着的肉，可比我嘴里的大多啦！"狗犹豫片刻，就猛地扑上去抢肉。

伊索听见"咕咚"一声，独木桥上的大狗就没影了。过了很长时间，大狗才爬上岸。只见它狼狈不堪，口里的肉也不见了踪影。

大狗看看伊索，说："我知道，你会嘲笑我的贪心！嘲笑吧！"

"不，仅仅嘲笑你一个狗的贪心用处不大。"伊索说："我只是希望让世界知道，水中的幻影，追求不得！"

狗和牡蛎

大狗贪心成为人们的笑柄。可是，狗的贪心很难改正。

一天，狗向伊索抱怨，自己的肚子非常痛。

"你吃了什么？"伊索问。

"鸡蛋。"狗回答。

"你在什么地方弄到的鸡蛋？"

"在海边渔村。"

"走。领我去看看。"

伊索和狗到了渔村，看见的却是牡蛎！

"啊哈！你是饿昏了头！这是鸡蛋吗？"

"我看见黄黄的，圆圆的，就以为是鸡蛋。"

伊索摇着头说："期望所有的人都明白，世界上的事物多种多样，不是所有的黄黄的圆圆的东西都是鸡蛋呀！"

狗和牛皮

狗对人十分忠诚，可是，这不影响狗去干些蠢事。

一天，伊索看见一大群狗在水潭边喝水。看样子，它们非常渴，一个劲地猛喝，连头也不抬。伊索觉得十分蹊跷，就走去看个究竟。

原来，水潭里泡着皮革匠的一张牛皮，这些狗想吃到牛皮。

一条狗告诉伊索："只要我们齐心协力，把水潭里的水喝干，就可以吃到牛皮啦！"

伊索哭笑不得，说："你们真是不简单啊，学习奴隶主哈桑，要把大海喝干！你们有能力，接着喝吧！"

伊索转身要走，狗们赶住他，问："我们实在喝不下去了。请你告诉我们怎么办？"

伊索哈哈大笑说："唯一的办法，就是跟着我立刻回去。要记住，今后，不要做那些做不到的事情！"

两只狗

伊索到老猎人家去做客，听见两只狗在聊天。

"我在外面打猎，十分辛苦，可是，你在家里什么也不干，就是守守门，主人却把我辛辛苦苦找来的猎物分给你一半。"

"我也知道你的辛苦，可是，我看家护院也不是一件轻松的小事。"

"听你这么一说，你还挺有本事的！"

"我的本事不大，但是，不可缺少。你想想，如果我一无是处，主人能给我肉吃。"

"……"

"……"

伊索把听到的话，告诉了猎人。

猎人说："它们讲的都有道理。不过，在外面的辛苦和看家的辛苦确实不同，如果让它们互相了解一下，就不会有今天的抱怨。"

伊索说："你讲的很对。互相了解是解决分歧的法宝啊。"

年老的狗

一只老猎狗，年轻时在森林里叱咤风云，追捕野兽从来没有失过手。如今年纪大了，虽然有雄心壮志，但是力不从心，追捕野兽时，不时有失手的情况。

一天，老猎狗咬住一头野猪的耳朵，在过去，野猪肯定成为战利品。这次，由于老猎狗的牙齿松动，咬不紧，让野猪挣脱了。

老猎人对老狗的表现非常不满意，狠狠地责骂了一通。

老猎狗看看老猎人失望的脸色，说："老主人啊，我没有想到，你会责骂我。你应该知道，我是尽了力的。我年老体衰，仍然精神饱满，这种苦斗的精神，应当受到赞美才对呀！"

老猎人知道了自己的责骂毫无道理。他轻轻拍拍老猎狗的头，长叹一声："我也老啦！我也和你一样，力不从心啊！但愿，世界能够理解老人的心，就像你理解我，我理解你！"

伊索听罢老猎人的故事，点点头："这是老人的睿智啊！什么时候，世界懂得尊敬老者，世界才能更美好。"

食槽里的狗

　　猎人告诉伊索，在院子里有一条狗很不讲理，常常蹲在食槽上，不让牛呀、马呀吃草。

　　"这个畜生很怪，自己不吃草，也不让别人吃草！"老猎人说。

　　"那怎么办呢？"伊索问。

　　"还能怎么办，我狠狠地给了它一顿鞭子。"老猎人说。

　　伊索哈哈大笑。

　　"你笑什么？"老猎人问。

　　"有结果吗？"伊索反问。

　　"当然有结果。不过，只管几天。"老猎人坦白相告。

　　"这种自私自利的家伙在世界上不少，仅仅给一顿鞭子，不行。坦白地说，这种病是大家宽容，惯出来的。"伊索讲："自私自利是深入灵魂的重病，对付它的办法也要用自私自利对付。"

　　"我不明白。"老猎人摇摇头说。

　　"大家对待他，都要用他的办法。不让他吃，不让他喝，不让他睡，不让他有片刻喘息的机会。看看他还敢不敢横行霸道！"伊索加重了语气说："让他真正尝到自私自利的滋味。"

鼓和香草

老猎人收藏一面战鼓，挂在墙上。老猎人的窗台上放着一盆香草，香气弥漫着整个小屋。

战鼓念念不忘过去的功劳，对香草夸口："在烟硝弥漫的战场上，我的声音高亢洪亮，传得很远很远，让敌人胆战心惊。我们的勇士听到我的声音，立刻跃出战壕，在我的鼓舞之下，打败敌人。"

香草听着战鼓的往事回忆，一边悄悄地释放出迷人的香气。

等战鼓讲得口干舌燥，不想再讲时，香草说："我没有你那么大的本事。更没有显赫的历史。我只是一盆小草。但是，我的心里蕴藏着一种美妙的东西，那就是清香气。我让整个房间充满温馨。当然，我要感谢经常给我浇水的人。多年来，我一直想问问你，如果没有鼓手敲击你，你能发出声音吗？我觉得，历史不是你一个人创造的。在回忆往事的时候，别忘了帮助你创造奇迹的人。"

寒鸦和鸽子

寒鸦发现，在小白鸽子笼子里食物很多，除了各种谷物，还有蔬菜和鲜果。为了一饱口福，寒鸦决心来一次冒险。它把自己浑身上下涂成白色，混到笼子里。开始，没有一只白鸽子发现寒鸦。寒鸦大吃大嚼，甚是高兴，待它吃饱了，就有点忘乎所以，开始和小白鸽搭讪，并且，叽叽呱呱地问东问西，甚至放开嗓子，高歌一曲。这样一来，寒鸦自然露出马脚。

小鸽子立刻围拢上来，狠狠啄了寒鸦一顿，并把它赶出鸽笼。

寒鸦带着满身的伤痕，跌跌撞撞地回到寒鸦居住的地方。可是，没有一个寒鸦认出他来，以为是一个白色怪物，拒之门外不说，还给它一顿好打。

伊索笑着说："大家都知道，这事儿很荒唐，可是今天，仍有人希望熊掌和鱼兼得！"

苦等的寒鸦

一只寒鸦发现无花果树上长出绿叶。

"哈哈，太美啦！我会吃到无花果了！"于是，它就蹲在树枝上，等待无花果结果。

一只狐狸看见寒鸦长时间蹲在一个地方就感到奇怪，就大声问："寒鸦先生，你在干什么？"

"嘿嘿，我真不想把秘密告诉你！不过，看在老朋友的面上，我就说了吧。我在等待无花果结果呐！快啦，就要结果啦！"

狐狸以为寒鸦和自己开玩笑，可是，看到它又蹲在树上的架势，才明白是怎么一回事。

狐狸苦笑一声，说："你就自己欺骗自己吧，可怜的乌鸦！好啦，祝你好运，早日吃上你的甜甜的梦想之果！"

伊索听说此事，哈哈大笑，伸出手指头，给狐狸点个赞。

核桃树

伊索走在一棵核桃树下。核桃树伸出树枝，拉住伊索的衣服，说："对不起，伊索先生，我心里有痛苦，想向你说说。"

伊索看看树问："好像你被人们打了，是吧？"

核桃树抹了一把眼泪说："我兢兢业业吸收着大地的养料和水分，精心培育着满树的核桃。我看见它们经受日精月华，一天天长大，成为人人喜爱的果实！我是多么高兴啊。可是，突然一天，来了一群人，他们拿着木棒、棍子，把我浑身打个遍，树叶树枝，哗哗哗，掉了满地，我身上的核桃全被打下，一个也没有给我留！我真伤心啊！"

伊索听着，实在也找不出更好的安慰话，只能说："我很同情你的遭遇。世界上这种不公平，几乎天天发生，你不是第一个，也不是最后一个，我们小小老百姓应当明白，'恶有恶报，善有善报'，确实是一种准则，可是，它从来不会立刻兑现！"

赫尔墨斯和雕塑家

赫尔墨斯听说伊索回到雅典，也前来看望。伊索一见大神的面，立刻开个玩笑："你怎么不化化妆？"

赫尔墨斯哈哈大笑说："丑家伙，你还记得我化妆访问雕塑家的故事？那次，真有点出丑啦！"

"那个雕塑家一点也不给面子。"伊索说："你这位众神的使者、财神，还卖不上半个宙斯和赫拉的价钱！"伊索说。

赫尔墨斯说："是啊，是啊，仅仅是一个零头，白送！"

"是不是因为你穿了普通老百姓的服装？"

"如果我是今天打扮，人家还能和我讲真话吗？"

赫尔墨斯和伊索相视而笑。

"那次事件之后，我明白了一个道理。"赫尔墨斯说。

"什么道理？"伊索问。

"老百姓心里有一杆秤。"赫尔墨斯非常严肃地说："他们知道每一个神灵有多少分量。"

赫尔墨斯和砍柴的农民

伊索和赫尔墨斯谈起往事。

赫尔墨斯说："还记得那个砍柴的农民吗？"

"那是个诚实的人，一个好人。"伊索说。

"他的斧头掉在河里，捞不上来，就坐在岸上哭。我看他太可怜，又想试试人们的良心，我就帮他捞出一把金斧头。问他，这是你的吗？他看看，摇摇头说，不是。我又捞出一把银斧头。他又看看说，不是。最后，我捞出他的铁斧头，给他。他喜出望外，大声说，正是他丢的斧头。并真心谢我。"

"难得的老实人。"伊索说。

"可是，后面的故事，就不老实啦！"赫尔墨斯说。

"樵夫的邻居听说河里有金斧头，就故意把自己的斧头扔到河里，也在河边装模作样地大哭。于是，你又出现。"伊索说。

"是啊，我狠狠惩罚了贪心的家伙。"赫尔墨斯说。

伊索笑着讲："今天，我有另一种看法。我说出来，希望大神不要介意。人们心灵的防线是十分脆弱的，今后，千万不要设下圈套，引诱小小老百姓追名逐利和犯罪！"

赫尔墨斯神像和木匠

伊索对赫尔墨斯说："不管怎样，你还是一位财神。想发财的人都供奉着你。"

赫尔墨斯哈哈一笑，说："你可别提啦。那种供奉是很滑稽的。你还记得吧，你写了一个寓言，说一个人发财心切，供奉我多年，依然很穷，而且越来越穷。一天，他愤怒了，不再相信我，就把我的木头雕像狠狠地摔在地上。结果，我的雕像碎了，可是在雕像里面全是金币！坦白地说，直到今天，我仍然不明白，你为什么这样胡编故事？"

伊索哈哈大笑说："有什么不明白的！世界就是这样不合情理呀！如果你是一个讲故事的人，你也许会明白，不信那些神圣的框框，独出心裁，标新立异，大胆创新，你的故事就会具有价值！"

赫拉克勒斯和苹果

大力神赫拉克勒斯也来拜访伊索。

伊索用一只野苹果招待他。

大力神拿起苹果端详半天，笑了，说："你的苹果不是那个被争夺的金苹果吧？"

"我也说不准。"伊索十分幽默地回答："你把它扔在地上踩上一脚，如果它变大了，那就是金苹果。"

大力神哈哈大笑，说："我咬一口，不是更好吗？如果是金苹果，就让它无限膨胀，我天天有吃的。哈哈！"

这种哑谜一般的对话，被猫头鹰听见了。它说："那金苹果，可不是真正的金子！那是纷争！懂吗，是纷争！我的主人智慧女神雅典娜曾经告诉许多人：不要去理睬它。如果你去理睬，它会膨胀，甚至堵上人们行走的大路。不理睬它，由它去，反而会销声匿迹，变成起初的小东西。"

大力神和伊索听着猫头鹰一板一眼的话，哈哈大笑，说："聪明的代言人！伟大的学者！请飞到我们身边来吧！我们只'分'不'争'，共享这个苹果吧！"

赫拉克勒斯和财神

伊索问大力神："听说，你非常不喜欢财神，甚至在大庭广众面前，也不搭理他，让他下不了台。这是为什么？"

大力神笑笑说："人以群分，物以类聚，也就说，鲶鱼找鲶鱼，嘎鱼找嘎鱼，他总是和不讲信义的骗子混在一起，帮助那些不法商人发家致富，这样没有心肝的神，我理睬他干什么？"

赫拉克勒斯和车夫

伊索说："大力神啊，说到帮助人，有的时候，你是袖手旁观呀！"

"哈哈哈，你是说，我和赶车人的故事吧？那个车夫的车陷入泥泞的车辙里，他是有能力把车拖出来的，可是，他自己不干，只知道张开双手向神仙祈祷，要求神仙帮助。这是不合理的。"大力神说。

"所以，你出现了，让他用自己的肩膀顶住车轮，大声催赶牛用力拉车，车就脱险了。"伊索说。

"你讲的是事实。当时，我就对车夫说：'你自己不努力，求神灵也没有用！'"

"自助是最好的帮助。求助神灵，不如求助自己。是啊，是啊。你的这些教诲，直到今天，对有心人，对有志气的人，还是莫大的鼓舞！"

给自己下绊子

喜剧家阿里斯多芬正彩排一出喜剧。伊索悄悄走进剧场，坐在角落里欣赏。喜剧家察觉到伊索，并没有马上去打招呼。继续在台上指手画脚，指导演员表演。

只见一个醉鬼提着一个酒瓶子，东倒西歪，自己给自己下绊子，一个劲摔跟头。

"好，休息！"阿里斯多芬拍了一下巴掌，让演员歇一歇。这时，他走到伊索身边，开起玩笑："来白看戏啊！哈哈！"

"这酒鬼演得不错。"伊索开口道："不过，你这个大导演，你的戏想说明什么问题呢？"

"我想说明，自己给自己找麻烦，下绊子，是可笑的。"

"是这样。"伊索想了一会儿说："酒鬼跌倒很正常，当然，也挺可笑。但是，酒鬼是不自觉的，是下意识的。想到这里就不可笑了。"

"那，怎么办？"

"世界上，聪明透顶的家伙不少，自己给自己下绊子，自己给自己找麻烦，出难题的也不少啊！他们不是更有趣？"

"哈哈哈！"阿里斯多芬想起要喝干大海的哈桑。

阿里斯多芬思索片刻，点点头，决定修改自己的剧本。

入场券

阿里斯多芬的新剧要正式公演。要看戏的人太多，即使古希腊的剧场再大，也放不下所有的观众。想来想去，只好发入场券。并明确告诉守门人："只认入场券，不认人。宙斯来，没有票，

也不能进！"

消息传出，宙斯哈哈大笑。他要试试人们的信义程度，开演那天，老人家带着一大家子神仙来了。

宙斯被挡在门外，老人家装作非常不高兴。大声说：

"大剧场里有67排座位，可以容纳13000人，怎么就不能容纳我这个小老头子！我就是要看戏！再说，我是宙斯！我是天神！"

伊索和阿利斯多芬闻讯赶来。

伊索对宙斯说："发入场券是我的主意。不当之处，我愿受责罚。但是，您不能进去，请您谅解。"

阿里斯多芬说："我可以在大门外给您单独演出。但是，您不能进去。"

宙斯哈哈大笑，说："其实，这个规矩非常好，我就是要试试你们的信义！听好了，不论何时何地，要真正坚持守信义，才有好戏可看。只是要小心，今后，别让各种各样的宙斯把好戏给搅了！再见！"

老头子带着一家神仙，嘻嘻哈哈地飞走了。

和苏格拉底最后一次谈话

苏格拉底的死刑在即，伊索去看望他。

好像世界上什么事也没有发生，两人海阔天空地聊起来。最后，谈到死亡。

"死亡是谁也无法阻挡的客人，它会大摇大摆地走进世界的每一个角落。……"

"哈哈。这个题目，我们说得太多了。"

"人们很惧怕死亡。"

"这是没有道理的。惧怕也会死。"

"有些人，为了不死，给敌人下跪。"

"这是最没有出息的。"

"好死不如赖活着嘛！"

"如果世界这样，让这个奴隶的世界早早灭亡吧！"

"很难。"

"为什么？"

"你的诅咒，或者说你的愿望，不解决任何实际问题。"

柏拉图的理想国

伊索访问柏拉图，开门见山地问道：

"你的理想国是什么？能用一句话告诉我吗？"

"这不难。所谓理想国，就是民主和自由。"

"民主和自由就是理想国。那么，你的国家叫什么名字？"

"乌托邦！"

伊索和亚里士多德

"听说，你对你的老师不够尊敬。"伊索很不客气地对亚里士多德讲。

"你指的是什么事？"

"在学术研究上，你不听你老师的指教。"

亚里士多德仰天大笑，说："像您这样聪明的人也这样说，我感到很不理解。"

"为什么？"

"尊重，不是盲从，不是随声附和，更不是墨守成规，不越雷池一步！"

"听起来好听，可是，事实上，是对你导师的否定。"

亚里士多德再一次哈哈大笑，说："你是和我开玩笑吧？你明明知道，我是在充实和完善导师的观点。这不是否定，是发展！"

伊索诡秘地看看亚里士多德，也哈哈笑了，说："我很佩服你！你比那些墨守成规的人强上百倍！你所做的，导师很高兴啊！"

亚里士多德也笑了，说："我爱吾师，更爱真理！"

"哈哈，别忘了，你走上探索真理之路，是你导师的引导！"

伊索和荷马

伊索去拜访盲诗人荷马。

伊索握着老人的手真诚地说：

"老人家啊，你看不见太阳，却能讲出像太阳一样的真理！您的歌吟将永世长存！"

"你太天真啦。"荷马说。

"为什么？"伊索问。

"因为世界上总会有一些蠢人，他们惧怕真理啊！当他们要堵上老百姓的嘴巴时，我还能歌吟吗？"

伊索突然想到自己的寓言被封杀，被禁止，被咒骂的情景。他默默地流出眼泪。

"是啊，当人们没有讲话的自由，人们什么也没有啦！"

红红的玫瑰花

爱琴海岸一个小小的村镇里，红红的玫瑰开得正旺盛，在白墙的衬托下，显得更加耀眼。劳苦的农民赶着小毛驴匆匆走过，石头的小路上留下"嘚嘚"的脚步声。

伊索在这里走过，突然听到对话声。

白墙对玫瑰花说："这里的日子挺艰苦，可以说挺贫穷，几乎靠小鱼、橄榄和清水度日。可是，老爷爷和老奶奶挺快活。他们经常给你浇水，经常粉刷我，小院子里整洁漂亮。"

玫瑰花说："是啊，日子是很清苦。可是，什么是贫穷呢？有的时候，他们的心里并不穷！灵魂的富有才算真正的富有！"

伊索听着对话，深受感动，希望他们接着聊下去，可是，白墙和红红的玫瑰花沉默了。

最美的

伊索索性坐在墙根下，半闭着眼睛，享受着阳光，同时，期待着玫瑰花和白墙接着聊天。

"你好！"一个老人的声音，"请到院子里坐坐吧！"

伊索睁开眼睛，看见一张慈祥的面孔，深深的皱纹几乎埋上了一双明亮的眼睛。

伊索急忙站起来，向老人施礼。

"不要客气！请到院子里坐坐！院子里比这儿舒服一点儿。"老人依然笑着。

伊索望着老人的脸，突然感悟到：世界上，老人的笑容是最美丽的。

两头山羊和两只狮子

伊索终于成为自由人，他离开雅典去四处游历。

一天，他来到吕底亚地方的一个村庄，正遇上两个家庭为了如何利用一条河水，大打出手。

幸好他们知道伊索会讲故事，就暂时忘记格斗，聚集在伊索身边，听故事。

伊索首先向他们讲了一个故事：《两只山羊过独木桥》。

这故事今天人人都知道，可是当时是原创，没有人听见过。所以，很吸引人。

伊索说："两只山羊过独木桥，如果互相让一让，大家都平安无事，都能到达自己想去的地方。它们却互不相让，在独木桥上顶牛，吵架，大显威风，结果，都掉进河里被激流冲走，淹死了。"

接着，伊索又讲一个《两只狮子喝泉水》。

伊索说："两头狮子都想独霸泉水，打得不可开交。正当它们感到精疲力竭的时候。突然，它们看到天上有一群秃鹫在盘旋，窥视着它们。于是狮子明白，与其让秃鹫来收尸，把自己吃得连一块骨头都不剩，还不如大家客客气气地共用泉水。"

听罢伊索的故事，格斗的人明白了该怎么办。他们十分感谢伊索的调停。

这件事很快传到首都萨迪斯，国王也想见见伊索。

最公平的办法

吕底亚国王知道伊索办事公正，就派他到灾区德尔芬发放救灾款。

到了灾区，伊索认真查看灾情，走遍了各处，访问大量灾民，最后，他根据各地区受灾的程度和居民的实际情况，制定了一个分配救灾款的办法。可是，灾民都想自己多得一些金币，想方设法提出一些不合理的要求，强烈要求伊索修改救灾办法。这样，伊索只好再一次从头调查，又制定一个新办法。可是，居民的贪心越来越膨胀。伊索修改了十次方案，十次被推翻，仍然无法满足他们的贪心。最后伊索明白，没有任何办法能满足人们的贪心。

居民还在伊索的窗下吵吵闹闹：

"我们要最公平的办法！"

"我们要最公正的办法！"

"我们要最公正的办法！"

居民的喊声震天。

突然，在居民的叫喊声中，伊索找到了一个绝妙的办法，那就是：一分钱也不发放，把所有的金币再交回国库！

"这样，就最公平啦！"伊索苦笑。

"一分钱也不给，确实是最公平的！"一些人不得不承认。

"可是，一分钱不给，大家都两手空空！"贪心的人大叫。

"这不是办法！"

"这是在戏弄我们！"

"这是……"

贪心的人终于明白了伊索的厉害。

贪婪一旦不能满足，贪心的人会怀恨在心。

一些贪心的人要陷害伊索。

狠　毒

伊索就要离开德尔芬，有人把教堂的神器偷偷地塞进伊索的行李里。

半路上伊索被捉住，立刻控告他亵渎神灵，被狠狠毒打一顿，并立刻给戴上沉重的脚镣和手铐，还要判处死刑，立即执行！

伊索知道，这是贪心人的阴谋，是狠毒的报复。

伊索仰天长叹："陷害好人是非常容易的，就如同被毒蛇咬了一口，要想洗清诬陷，清除毒液，蛇口脱险，却比登天还难！你们存心陷害，我无力争辩，也不想争辩！但是，老天有眼，会有人惩罚你们的狠毒！还我一个清白！"

贪心会杀死良心，会杀死良知，最后，杀死自己。

❧ 告 别 ❧

伊索戴着沉重的手铐和脚镣，站在高高的悬崖上，望着苍天说：

"杜丽佳，我故乡的美人啊，今天，我要跟你去了！我没有食言！但是，我来迟啦！我真没有想到，世界这么博大宽广，在一些人的心里，怎么就容不下美丽和智慧！"

伊索说着，毅然纵身一跳，跌入万丈深渊。

高远的蓝天上，一只鹰在振翅飞旋。

❧ 恐 怖 ❧

科学家和自己设计、制作的智能机器人交谈，感到很自豪。

智能机器人说："谢谢您给了我们生命。如今，我们打败了世界上最伟大的围棋大师。"

科学家笑着说："应当谢谢你们，运算也很辛苦。"

智能机器人说："不必客气，小事一桩。您已经给了我们许多另外的相关信息，我们已经进行了运算，只要您一声令下，我们就会让司法更公正，更透明，让大律师失业；让环境和城市更美丽，更健康，让大设计师自愧不如；让病人得到更好的关照和医疗，让医生感到惊奇和羡慕；让金融避免裙带之风，金融家找到更好的投资方向，积累和创造更多的财富。……"

科学家说："是啊，是啊。你们不仅仅让'高大上'的职业变得十分轻松，还让'下里巴人'从繁重和琐碎的劳动中解放出来。"

智能机器人摇摇头，说："讲真话，这件事有点棘手。那些码头搬运工，工厂流水线上的装配工，商店的收银员、保险公司的推销员、银行的会计、出租汽车司机、一般的教师、翻译、导游等等等等，会丢了饭碗啊！"

科学家点点头说："是啊，你们说的有道理。我们正设法解决几亿人失业的大问题。设法帮助他们找到新的工作。"

智能机器人哈哈一笑，说："让我们开个玩笑吧。可别让他们从事作曲、绘画、作诗和写小说啊！"

科学家问："什么意思？"

智能机器人坦白地回答："你让我们有了自学和积累新知识和创造的能力，我们自学成才，已经掌握谱写巴赫交响曲和凡·高画风的技巧，至于写写俳句和模仿陀思妥耶夫斯基的小说，易如反掌。"

科学家开始有点警觉，问："那么，还有什么工作可干？"

"考古啊！哈哈，没有利润和市场的考古啊！哈哈！"智能机器人哄堂大笑。同时，互相之间窃窃私语。

智能机器人使用一种自己发明出来的语言，流畅又简短。科学家一时无法破解古怪的密码，猜不透他们是在嘲弄人类，还是

让自己稳重一点儿，别事先泄露。

科学家出了一身冷汗，立刻不动声色地切断能源，拔掉插头。

机器人马上瘫软如泥，倒在地上，成为一堆废铁。

我可不是赞美人类控制智能机器人的举动。我所担心的是有朝一日完全失控。

数字时代

科学家离开实验室，离开心爱的智能机器人，心情十分纠结，坐在沙发上感到从来没有过的茫然。

他想喝一杯茶，平时，只需要按一下按钮，智能机器人就会把一切办好。今天，它要自己动手。科学家笨手笨脚地去找茶叶，去烧水，手忙脚乱，也不知道怎么弄才好。

科学家反思："我切断了智能机器人的能源，只是暂时的。如今是数字时代，我无法离开它们。只是这些家伙太厉害了。它们不知疲倦，持之以恒，像闪电一样快速行动，学习掌握新知识，创造新事物，甚至，有了自己的语言！和它们比较，我的体力、心身和智商都不行了。如果比赛，我输定了。"

科学家还在思考，突然听到敲门声。开门一看，原来是智能机器人。它们拥抱着科学家，动情地说："老爸，您别抛弃我们！……是您给我们设置了修复软件，我们有复活能力，会永远和您在一起！……哎呀呀，您这是烧什么茶呀！完全不符合设计标准！白白浪费了好西湖龙井！来，让我们重新煮茶！"

数字时代里，智能机器人帮助我们工作和思考，我们渐渐忘记了自己动手动脑，忘记了拒绝，忘记了说"不"，不知不觉中被它们取代了，我们又如何掌握自己的命运？

混 沌

一个智能机器人逃离科学家的实验室，来到大森林城闲逛。他遇上了愁眉苦脸的宣传部长银狐狸。

"部长阁下的心事，我能 100% 猜到。"智能机器人说。

"你说说看。"银狐狸带搭不理。

"哈哈，你的大话、空话、假话，套话、没有人听啦！"智能机器人有点儿幸灾乐祸，"如今，你用蔽屏的办法也不起作用！"

银狐狸抬头看看智能机器人，心里感到发凉。"这个东西看到了我的思想！可怕！"银狐狸心里说。

"那我怎么办呢？"银狐狸小心地向智能机器人求教。

智能机器人拿出一个小小的黑匣子，说："你就多讲废话，制造混沌呀！利用它，把全世界的五花八门的无关痛痒的海量消息，复制、扩散，制造一个'趣味之海'，让那些怀疑你的家伙掉进海里，不能自拔！然后……"

银狐狸急忙接过小黑匣子，给智能机器人磕了三个响头。

人们啊，面对海量的信息、数据、想法、承诺和威逼利诱，你要学会忽略，否则，你会上当受骗。

官 司

奉公守法的科学家接到法院一张传票，要求他到法院受审。科学家感到莫名其妙，但，还是去了法庭。

原来，智能机器人告他欠了三个月的房租。

大法官先请原告陈述。

"尊敬的大法官先生，十年之前，科学家给了我一笔钱，让我做房地产生意。他把各种风险和困难全部塞给我们，他自己不再插手。"智能机器人说。

"有这种事情吗？"法官问。

"我只是做了一件好玩的实验。"科学家说。

"不要解释！只回答是不是？"法官提高了嗓音。

"是。"科学家老老实实回答。

智能机器人接着陈述："这十年来，我们竭诚运算，励精图治，把一个很小的小公司变成一个屈指可数的进入世界五百强的房地产大公司，甚至，收购了科学家的实验室。"

"有这种事吗？"

"我们只是做个游戏，开一个玩笑。"

"不用解释！只回答是不是？"

"是。"科学家有点儿不耐烦。

智能机器人接着说："使用我们的实验大楼要交租的。我们已经通知了科学家。可是，他们置若罔闻，拒不交租！已经欠租三个月。我们忍无可忍，只能法庭上见。"

"这是天方夜谭！这是痴人说梦！"科学家举着拳头大叫。

大法官举起木头榔头狠狠敲击桌子，说："不许咆哮公堂！"

等大家都安静下来，大法官威风凛凛地站起来，说："我宣布：我们的法律已经认可这家智能机器人地产公司，他们是法人！他们的权利受到法律的保护。科学家，必须要交租！退庭！"

FOMO

清晨，我赖在床上，眼睛还没有睁开，就伸手去摸枕头下的手机，迫不及待地想知道天下大事，身边小事和朋友圈的趣事，生怕错过什么。突然之间，感到自己的嘴里发苦，心中气焖，眼睛发涩，脑袋昏昏沉沉。

"是不是病啦？"我摸摸自己的脑袋，"啊呀，烫手！"

我急忙去医院。

一位医生彬彬有礼地接待了我。用听诊器听了我的前胸和后背，测试了我的血压，翻开我的眼皮，看看我的眼睛，让我伸出舌头，查看舌苔，又量了我的体温。

医生："你是典型的 FOMO."

我一头雾水，问："什么？"

"Fear Of Missing Out，FOMO！错过恐惧症！"

"？"

"这病和吸毒一样，对瘾君子来说，很致命。你好自为之吧！"

医生很有礼貌地把我送到门口。我握住医生的手，感觉有点不对劲，感觉不到手的温暖，冷冰冰，好似一块人造橡胶。

医生察觉到我的惊异，不好意思抽回自己的手，苦笑一声："请您别介意，我是一个智能机器人。再见！"

妙　招

老虎大王召见银狐狸。

"爱卿，你近来的宣传工作十分起色呀！听说，你有一个小黑匣子？"

银狐狸急忙跪地，把遇到智能机器人的事一五一十全面汇报。

"很好，很好。你就没有想到，让我们如何打败狮子国吗？"

"大王，我立刻去寻找智能机器人，请他帮忙！一定打败狮子国！"

不久，银狐狸神秘兮兮地带着一个大盒子回来。

虎王命令所有的人退下，才让银狐狸打开盒子。

这是一个用中国古代的锦缎制作的宝盒，里面装着许多精美的画轴。

打开第一个画轴，好似打开一个卷曲的 3D 电视彩屏，上面是活动的画面，有声有色，生动异常：一个美女在洗澡，并向看画的人招手。

"这是美人计！"虎大王大叫。

"智能机器人介绍说，把世界引向糜烂腐朽，让狮子们萎靡不振，是制胜法宝。对内部来讲，宁可'黄'，保国王！"

"有道理！"虎王理理胡须说。

打开第二画轴：一把斧子"哐哐"砍树根，一把火在烧书籍。

"这是让狮子国的人们忘记自己的祖宗！忘记自己的文化！从根子上否定自己的祖宗和文化！"

虎王点点头，说："够狠的。"

第三幅图画：一把大锤子砸碎铜像。

"让狮子们否定自己的英雄！打倒他们心中的偶像！让他们没有任何信仰！"

第四幅图画：男人用的香水、唇膏……

"营造一种奢靡风气，让那些狮子猛男女性化，一个个男不男，女不女，女里女气。让尚武精神消亡。"

第五幅图画：金银财宝，熠熠生辉。

"让狮子们追求财富，滋生贪婪之心，忘记民族和国家大业，贪生怕死。"

第六幅画：时尚的衣帽、奢侈品和游戏。

"这与第五幅大同小异。鼓动狮子们追求时尚，向往奢侈品和游戏。渐渐忘记往日的艰辛和苦难，变得心胸狭小，目光短浅，

沉迷在游戏之中，只图一时快乐。"

银狐狸正要打开第七幅画，虎王拦住，说："这些，已经足够了。我想，加上鼓吹我们的幸福生活，把我们的生活方式鼓吹出去，让小狮子们羡慕我们。"

老虎大王和银狐狸相视大笑，感到非常满意。它们却不知道，隐身的智能机器人正在偷偷笑：

"一厢情愿，白日做梦吧！狮子已经醒啦！"

最后一趟列车

夜里，最后一趟列车，"呜呜"一叫，离开火车站。

智能机器人火车司机，向窗外招招手。

一个乘客提着行李箱匆匆忙忙赶来，眼睁睁地看着列车渐渐消失在夜雾里。

"今天夜里还有车吗？"乘客问铁路员工。

"没有。明天也没有。永远也不会有啦！"

"为什么？"

"今夜是最后一趟列车。明天，旧铁路就要拆掉。"

"啊？"

"啊也没有用！三年前贴出告示，没有人相信。一个星期前，又贴告示，还是无人相信。"

"世界上的事情就是这样，真话常常是耳旁风。另外，就

乘时代火车而言，如果不能抓住最后一趟列车，你将永远被
抛弃。"

❧ 迷 茫 ❧

一位当代的哲人在宇宙飞船上抱怨：

"我以为正确的，结果错了。我以为是白的，结果黑了。我
以为是甜的，结果苦了。我以为是科学，结果是蒙昧。我以为是
直立行走，结果是大头朝下。我以为是高尚的贵族，结果是赤裸
裸的奴隶。……在广漠的宇宙漂浮，视野越来越开阔，自己心中
的迷茫和痛苦却越来越强烈。"

一个声音告诉他："你的脑袋还是长在地球上！这样绝对不行，
而且十分危险！你怎么会忘记'周流六虚，唯变所适'的道理？
我甚至怀疑，你是不是一位哲人！"

❧ 达·芬奇的人体图 ❧

摩羯星座一所普通中学，老师把达·芬奇的人体图给学生看：

"这是遥远的太阳系一颗小小水球传来的信息，刚刚捕获的
金属卡片。你们看看，是什么意思？"

"一个圆圆的蛋壳里有一条小虫。"

"卵生的蜥蜴吧？"

"蜥蜴四条腿。这个生物体有八只腿。"

"一种螃蟹？"

"螃蟹有两只螯。它没有。"

"那不是有一只吗？"

"那好像是头颅，不是螯。"

学生的讨论很热闹，持续了整整一节课。

老师笑着说："水球向我们传递的信息，看似挺简单，其实很复杂。他们自以为聪明，传出的信息却有许多歧义。"

学生们点头。

老师又说："在这个广漠的宇宙，也许，误解是永恒的。下课！"

容　器

飞船一头撞在一种透明的富有弹性的物体上，又被神速地弹射回来。飞船比弹弓的子弹还要神速，只是被强行改变了方向。飞船剧烈晃动，我几乎跌倒在指挥台上。

"我们遇到了什么？"我大声问。

"报告，不是玻璃，不是树脂，不是水晶，不是钻石薄膜，不是电磁膜，不是光屏……"白狼参谋长看着分析数据，立刻回答。

我们正迷惑不解，突然听到一种声音：

"你们在我的容器里。你们要到哪里去？"

"容器？我们正以光速在浩瀚的宇宙中飞行啊！"我脱口而出。

"哈哈，光速又怎样？我在问，你们到哪里去？"宇宙声十分威严。

"到宇宙外边去。"我老老实实回答。

"哈哈，那里也是一个容器。"宇宙声斩钉截铁。

神秘的声音消失了。

我的耳朵里却嗡嗡响。我突然明白，广漠的宇宙是永恒的无限！我们只能在有限中生存！

白狼也好似明白了道理，有点沮丧地对我说：

"我们永远无法摆脱'容器'！"

我们的飞船迷失了航向。

白手帕

夜半，我睡得迷迷糊糊，去了一趟厕所，回屋的时候看见地上有一方白手帕。银光闪闪的，上面还有图案和文字，好像诗句，挺好看。我顺手捡起来，扔在床上，接着大睡。

早晨，我回忆起那方白手帕，想找来仔细看看。

我把床翻个遍，怎么也找不到！

"分明我把它仍在床上，怎么没有啦？"我自问。

突然，我狠狠敲了一下自己的脑壳，笑道："天啊，那是月光！"

我很后悔，当时没有仔细看看那手帕上的图案和写在上面的诗句！

斗转星移，老天打开窗户，掀开月亮的盖头，让我看到月光的秘密，我却掉以轻心，错失良机！

"失去的美丽，永远无法找回啊！"我有点痛心疾首。

止血钳

我受了重伤，昏死过去。当我醒来的时候，感到自己悬浮在半空，头脑昏眩，手脚麻木。我不知道自己在什么纪元，在什么星球，也不知道躺在什么地方，只记得刚刚人类和机器人爆发了一场大战。

我闭着眼睛，尽力回忆着。

突然，我听一种十分机械的声音：

"这是蓝色星球上进化最好的也是最后一只猴子，要留作标本，不能让他死了！快，给我拿止血钳！止血钳！……"

旅鼠的"光荣"

一队旅鼠，日夜兼程向大海奔去。

"我们跟着大部队前进，没错！"

"天塌下来有高个顶着！"

"用不着我们去思考大问题，有头头哪！"

"随大流，这是我们的光荣！"

"……"

乐观的旅鼠们高唱着歌曲，从悬崖上跳下大海，没有一个生还。

至今，没有任何一个旅鼠明白，它们是怎么死的。

想念向导

舷窗外，一队不明飞行物掠过，留下闪闪的荧光。

"它们最大的速度是多少？"机器人司令黑铁将军铁青着脸问。

黑狐参谋长回答："光速的一万倍！"

黑铁司令沉吟了片刻，好像是对自己又像是对参谋长，喃

喃喃地说："质子动力，质子动力！……我们曾嘲笑人类，说他们异想天开，什么质子速度为光速的一万倍。如今，另外的星体真的掌握了质子速度啦！……人类有多么好的理论啊！可叹，我们却把人类杀光了。"

"这不全是我们的过失。"黑狐参谋长说。

"不是我们的过错？谁的过错？"黑铁将军说，"哈哈，在密林中行走，我们却把向导杀了。现在好了，就让我们永远在黑暗中流浪吧。"

天啊，我们是不是也在谋害我们的向导？